हिन्द पॉकेट बु

टूटा दर्पण

दत्त भारती आधुनिक हिन्दी साहित्य के प्रमुख लेखक, कवि, नाटककार और सामाजिक विचारक थे। कहानी, कविताओं और लेखों के अलावा आपने कई सौ उपन्यास लिखकर साहित्य में अपना एक अलग विशिष्ट स्थान बनाया है। घर और स्कूल से प्राप्त आर्यसमाजी संस्कार, विश्वविद्यालय का साहित्यिक वातावरण, देशभर में होने वाली राजनैतिक हलचलें, बाल्यावस्था में आर्थिक संकट इन सबने आपको अति संवेदनशील, तर्कशील और विचारक बना दिया, जो आपके लेखन का आधार बना। आपको समाजसेवा एवं लेखन के लिए कई पुरस्कार भी मिले हैं।

टूटा दर्पण

दो पीढ़ियों के बदलते विचारों की,
दिल को छूने वाली रोमांटिक दास्तान

दत्त भारती

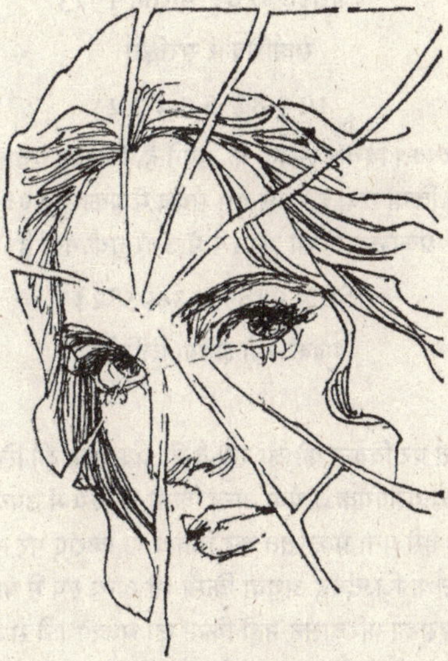

हिन्द पॉकेट बुक्स
पेंगुइन रैंडम हाउस इम्प्रिंट

हिन्द पॉकेट बुक्स

यूएसए। कनाडा। यूके। आयरलैंड। ऑस्ट्रेलिया। सिंगापुर
न्यू ज़ीलैंड। भारत। दक्षिण अफ्रीका। चीन

हिन्द पॉकेट बुक्स, पेंगुइन रैंडम हाउस ग्रुप ऑफ़ कम्पनीज़ का हिस्सा है,
जिसका पता global.penguinrandomhouse.com पर मिलेगा

पेंगुइन रैंडम हाउस इंडिया प्रा. लि.,
चौथी मंजिल, कैपिटल टावर -1, एम जी रोड,
गुड़गांव 122 002, हरियाणा, भारत

पेंगुइन
रैंडम हाउस
इंडिया

प्रथम हिन्दी संस्करण हिन्द पॉकेट बुक्स द्वारा 1973 में प्रकाशित
यह हिन्दी संस्करण हिन्द पॉकेट बुक्स में पेंगुइन रैंडम हाउस द्वारा 2022 में प्रकाशित

10 9 8 7 6 5 4 3 2

इस पुस्तक में व्यक्त विचार लेखक के अपने हैं, जिनका यथासंभव तथ्यात्मक
सत्यापन किया गया है, और इस संबंध में प्रकाशक एवं सहयोगी
प्रकाशक किसी भी रूप में उत्तरदायी नहीं हैं।

ISBN 9789353495824

मुद्रकः रेप्रो इंडिया लिमिटेड

www.penguin.co.in

FSC www.fsc.org MIX Paper from responsible sources FSC® C047271

This is a legitimate digitally printed version of the book and therefore might not
have certain extra finishing on the cover.

टूटा दर्पण

एक था राजा।

लेकिन अब राजा कहां हैं! रानियां नहीं हैं। इसलिए राजा और रानियों की कहानियां कौन लिखता है!

फिर राजा को कैंसर नहीं होता। न ही रानी को कैंसर होता है। वे बीड़ियां नहीं पीते, इसलिए खांसी नहीं होती, न ही कैंसर होता है।

कैंसर, और वह भी गले का। अब दो ही तो बीमारियां हैं जिनपर डाक्टर और वैज्ञानिक काबू नहीं पा सके हैं।

एक कैंसर, दूसरा हृदयरोग।

वह बीड़ी फूंकती थी। बीड़ी का कड़वा धुआं जब कमज़ोर फेफड़ों को कष्ट पहुंचाता तो फेफड़े विद्रोह कर देते। खांसी—खांसी—और खांसते-खांसते शमी का बुरा हाल हो जाता। वह खांसते-खांसते दोहरी हो जाती। पानी मांगती। दो घूंट पानी कंठ से उतारती, लेकिन खांसी के तीव्र प्रहार में कमी न होती और खांसी जारी रहती, यहां तक कि खून थूक बनकर निकल आता।

रक्त और थूक ही कैंसर के लक्षण थे।

अब शमी यदि रानी होती तो अच्छे सिगरेटों का सेवन करती। अच्छा भोजन प्राप्त होता। खुला-खुला मकान होता। प्रातः और सायंकाल भ्रमण करती। उद्यान होते। फूल होते। और शमी को कैंसर न होता। यह मूज़ी रोग उसे परेशान न करता और न ही उसे आभास दिलाता कि अब जीवन के दिन थोड़े हैं।

शमी का रंग अब पीला हो गया था। आंखें बुझी-बुझी थीं और समय से पहले बुढ़ापे ने उसे आन घेरा था।

शमी अब चालीस के लगभग थी। शायद चालीस में दो वर्ष कम थे।

"मां, जब तुम्हें कष्ट होता है तो बीड़ी क्यों पीती हो?" रमा ने दर्जनों बार कही बात फिर कह दी।

"कष्ट! बेटी, कष्ट तो न मालूम किसे कहते हैं!"

"लेकिन मां, तुम्हें कैंसर है।"

"हां। बेटी, कैंसर तो अब हुआ है। कुछ लोगों का तो जीवन ही कैंसर की भांति होता है।"

"मां, फिर वही बातें!" रमा ने चिढ़कर कहा।

"बातें। बातें।" शमी ने गहरा सांस लिया।

"लेकिन आज फिर थूक में खून आया है।"

"हां।" शमी ने फिर गहरी सांस ली।

सीना धौंकनी बन चुका था। सांस समतल न थी, इसलिए सांस लेने में कठिनाई अनुभव हो रही थी।

"लेकिन मां, जब तुम जानती हो कि बीड़ी से कष्ट होता है फिर भला क्यों नहीं इसे छोड़ देती हो?"

"कष्ट!" मां ने सांस को समतल करने का प्रयास किया, "दुःख और सुख जीवन के अंग हैं।"

“लेकिन समझते-बूझते और डाक्टरों के मना करने पर मनुष्य अपने दुःख को कम कर सकता है।”

“लेकिन मौत को तो केवल बहाना चाहिए।”

“वह ठीक है। लेकिन मृत्यु आसान तो हो सकती है।” तेरह वर्ष की रमा ने कहा।

“आसान हो सकती है।” मां ने कहा, “लेकिन मरनेवाला जानता है कि मौत क्या है। एक झुरझुरी-सी पीठ पर गुज़र जाती है। मृत्यु का आभास हर समय छाया रहता है।”

मरना तो एक दिन सबको है। जवानी में लोग आत्म हत्या करते हैं। लेकिन मां आयु के जिस दौर से गुज़र रही थी वहां मृत्यु का भय पैदा हो जाता है। पचपन-साठ वर्ष की आयु के उपरान्त हर कोई जानता है कि मृत्यु निकट है। इसलिए वह मृत्यु से नहीं डरते। जवानी में उत्साह होता है, जो मृत्यु को आसान बना देता है। लेकिन अधेड़ आयु में मृत्यु की कल्पना बहुत कष्टदायक होती है। शमी की भी यही दशा थी। मृत्यु की अनुभूति कष्टप्रद थी। लेकिन वह बीड़ी न छोड़ सकती थी।

बीड़ी उसने कब पीनी आरम्भ की थी, क्यों की थी—यह तो एक लम्बी कहानी थी। शुरू-शुरू में जब पेट में गैस जमा हो जाती थी और डाक्टर ने कहा था कि वह दिन में दो-तीन सिगरेट पी लिया करे। ये दो-तीन सिगरेट एक आदत बन गए जैसे हर बुरी बात स्वभाव बन जाती है।

बुरी आदत और बुरे खानों से और बुरी बातों से इन्सान प्रेम करता है। शराब अधिक मात्रा में विष है, लेकिन पीने वाला उसे छोड़ नहीं सकता। इसी प्रकार शमी के लिए बीड़ी थी। वह जानती थी, डाक्टर कहते थे कि बीड़ी विष का प्रभाव कर रही है। लेकिन वह उसे छोड़ न सकती थी।

सिगरेट महंगे थे। उसके पति गोपाल की आय अधिक न थी। और

जब दो-तीन सिगरेट दस-बारह और फिर अठारह बन गए तो उसने सिगरेट का स्थान बीड़ी को दे दिया। बीड़ी सस्ती थी।

जीवन अपने वश में नहीं। लेकिन कुछ बातें मनुष्य जवानी के जोश में कर बैठता है। उस समय वे बहुत अच्छी लगती हैं। लेकिन बाद में समय इन्हें बुरा सिद्ध कर देता है।

जैसे शमी का विवाह।

शमी के चार बच्चे थे। दो बेटे और दो बेटियां। पूरन बड़ा बेटा था। और राज दूसरा, जो नम्बर तीन था। नम्बर दो बेटी थी सुषमा और सबसे छोटी संतान बेटी थी, रमा।

इन चार बच्चों को जन्म देने में और गृहस्थी चलाने में शमी ने अपनी जवानी और सुन्दरता खो दी थी।

वह जवानी में कितनी सुन्दर थी! गांव की सबसे सुन्दर लड़की। गांव के सारे लड़के उसपर आंख रखते थे। उसकी जाति के और दूसरी जाति के भी।

बच्चे जानते थे कि शमी दूसरी जाति की थी। उनके पिता ने प्रेमविवाह किया था। और इस विवाह में धर्म सबसे बड़ी बाधा थी। लेकिन विजय गोपाल की हुई थी या शमी की, इस बात का निर्णय कोई न कर सका था। सत्य तो यह था कि गोपाल की जीत में शमी का रोल मुख्य था। और शमी की जीत में गोपाल का रोल प्रमुख था। इसलिए दोनों ही इस विवाह की सफलता के कारण थे।

बच्चे जानते थे कि इस विवाह में बड़ी-बड़ी अड़चनें खड़ी हुई थीं। धर्म के नाम पर कत्ल की धमकियां भी सम्मिलित थीं। और इन धमकियों ने वास्तविकता का रूप धारण कर लिया था। लेकिन यह सब हुआ कैसे था, गोपाल और शमी एक कैसे हो गए थे—यह बात बच्चे न जानते थे।

गोपाल ने कभी किसीसे अपने प्रेम की गाथा न सुनाई थी।

और शमी इन प्रश्नों का उत्तर देने से कतरा जाती थी।

फिर बच्चों को पूरी गाथा किसने सुनाई?

सम्बन्धियों ने।

सम्बन्धी कभी-कभी एक-आध बात कह देते। लेकिन खोलकर कोई भी बात न करता था।

स्त्री का धर्म क्या होता है? कुछ भी नहीं। वह तो बेअरर चैक की भांति होती है, जिसे जो चाहे, कैश करा ले। जिसके कब्ज़े में बेअरर चैक हो वही चैक का मालिक कहलाता है। उसी प्रकार स्त्री जिस धर्म के पुरुष से ब्याही जाती है वही उसका धर्म है।

शमी का पहला धर्म क्या था—शमी, गोपाल और कुछ सम्बन्धियों के अतिरिक्त कोई न जानता था।

देश-विभाजन हुआ। गोपाल दिल्ली आ गया और इस शमी का अतीत सदैव के लिए लुप्त हो गया या शमी ने उसका लोप कर दिया।

"मां, तुम्हारे बाल कितने खुश्क हैं! लाओ इनमें तेल डाल दूं।"

"बेटी, तुम्हें पढ़ना होगा।"

"पढ़ लूंगी, मां! लेकिन तुम्हारे खुश्क बाल नहीं देखे जाते।" कहकर रमा उठी और तेल की शीशी उठा लाई।

रमा पीढ़ी पर बैठ गई, जिससे वह ऊंची हो गई। मां फर्श पर बैठी थी, इसलिए तेल डालने में आसानी थी।

"मां!" उसने तेल डालते हुए कहा।

"हूं।"

"तुम्हें भाई-बहिन तो याद आते होंगे?"

"अब नहीं।"

"यह कैसे संभव है!" रमा ने लाड़ से कहा, "भला कोई इस प्रकार

भाई-बहिनों, माता-पिता को भूल जाता है!"

"बेटी, जब लड़की पराये घर की हो जाती है तो माता-पिता, बहिन-भाई भी पराये हो जाते हैं।"

"लेकिन हर बच्चा अपने ननिहाल की बात करता है। वह अपने मामों की चर्चा करता है, मौसी की बात करता है।"

"और जो अकेली लड़की होती है?" मां ने कहा।

"उसकी बात अलग है।"

"तो मुझे ऐसा ही समझ लो।"

"वह तो ठीक है। मैंने जब भी पूछा, तुमने यही उत्तर दिया। लेकिन तुम्हारे तो सब थे।"

"इससे क्या अन्तर पड़ता है?"

"लेकिन मुझे तो शौक है कि मेरे मामा होते, मौसी होती।"

"बहुत-से शौक मनुष्य के पूरे नहीं होते। फिर तुमने उन्हें देखा ही नहीं, तो तड़प कैसी?"

"यूं ही मां!"

"मेरा सब कुछ यहां है। तुम हो। सुषमा है। पूरन है। राजा है। तुम्हारे पिताजी हैं। मुझे तो कभी किसी बात की कमी अनुभव नहीं होती।"

"लेकिन मां, उनकी याद तो आती होगी?"

"कदापि नहीं।"

"क्या बहुत अमीर थे?" रमा ने अपनी बुद्धि के अनुसार काम लिया।

"ठीक-ठाक थे। घर में सब कुछ था। गाय-भैंस, ज़मीन। और गांव में यही बातें अमीरी की निशानी हैं।"

"मां, तुम्हारे कितने भाई थे?"

"दो।"

"और बहिनें?"

"तीन।"

"वे बड़ी थीं?"

"हां।"

"और भाई?"

"वे भी मुझसे बड़े थे।"

"मां, तुम्हारी शादी पर वाद-विवाद तो खूब हुआ होगा?"

"वाद-विवाद!" मां ने गहरी सांस ली, "कत्ल की कोशिश की गई थी।"

"तुम्हें या पिताजी को?"

"दोनों को।"

"लेकिन संसार की कोई दीवार रोक न सकी।"

"कोई दीवार रोक न सकी।"

"मां, तुमने मुझे प्रेम और इश्क की कई कहानियां सुनाई हैं। मैंने एक बात पर ध्यान दिया है।"

"किस बात पर?" मां दिलचस्पी लेने लगी, यद्यपि वह अपने अतीत की बातें न करना चाहती थी। लेकिन इस अतीत में, जो कटु था, उसकी जवानी भी छिपी थी। और कौन स्त्री है जो अपनी जवानी और उसकी बातें भूल सकती है! जवानी और उसकी बातें नारी की सबसे बड़ी कमज़ोरी है।

"मां, तुमने प्रेम की जितनी कहानियां सुनाई हैं–लैला-मजनूं, शीरीं-फरहाद, हीर-रांझा, सस्सी-पुन्नूं, सोहनी-महिवाल-ये सब मुसलमान थे।"

"मैंने कभी ध्यान ही नहीं दिया था। तुमने कहा है तो यह वास्तविकता मुझपर प्रकट हुई है।"

"इसका मतलब है, मुसलमान प्रेम करना जानते थे। और प्रेम में जान की बाज़ी लगाना जानते थे।"

"अब तुमने कहा है तो यह बात सत्य लगती है।"

“हिन्दू भी इसी प्रकार का प्रेम करते हैं?”

“करते होंगे।”

“लेकिन तुमने इनकी कहानी कभी नहीं सुनाई।”

“इसलिए कि मैं ऐसी कोई कहानी नहीं जानती।”

“और मैं भी नहीं जानती हूं।” रमा ने सिर की मालिश करते हुए कहा। मां को इस मालिश से बहुत आराम आ रहा था और उसपर मस्ती छा रही थी। वह अपनी जवानी में खो गई थी।

“मां, तुम जवानी में बहुत सुन्दर थीं?”

“हां।”

“कितनी?”

“मेरा सौन्दर्य मेरे बच्चों में बंट चुका है। तुम पूरन, राज, सुषमा और स्वयं से अनुमान नहीं लगा सकती हो?”

“मैं इतनी सुन्दर नहीं हूं।”

“क्या कमी है, मेरी नादान बच्ची! नाक, आंखें, बाल, होंठ, माथा। फिर तुम्हारी आयु क्या है—तेरह वर्ष। लड़की पन्द्रह-सोलह वर्ष की आयु में युवा होती है और उसका सौन्दर्य निखरता है।” मां ने कहा, “और तुम सुन्दर लड़की होगी।”

“सच, मां?”

“क्या सुषमा सुन्दर नहीं?”

“उसका कद छोटा है।”

“लेकिन मेरा विचार है, तुम्हारा कद लम्बा होगा।”

“तुम्हारे जितना?”

“मेरे जितना तो नहीं, लेकिन तुम सुषमा से लम्बी होगी।”

“फिर ठीक है। मुझे छोटा कद पसन्द नहीं।”

“लेकिन अब लम्बे कद की लड़कियां बहुत कम नज़र आती हैं।

अब तो यहां पांच फुट कद बहुत लम्बा होगा।"

"गांव में तो नहीं।"

"नहीं, वहां की और बात है। वे लड़कियां अब भी अच्छे डीलडौल और कद की हैं।"

"पूरन भैया का कद तो ठीक है?"

"उसका कद ही ठीक है, और कुछ नहीं।" मां ने गहरी सांस ली।

"तुम निराश हो।"

"निराश न होऊं तो क्या होऊं! तुम्हारे पिताजी ने एक आदर्श व्यक्ति का जीवन व्यतीत किया है। इतना बलिदान दिया है जिसकी तुलना नहीं की जा सकती। धन जीवन का आवश्यक अंग है। भगवान ने हमें पांच तत्त्व दिए हैं, लेकिन छठा तत्त्व धन है, जिसके बिना पांच तत्त्व काम नहीं करते। लेकिन पूरन ने दौलत को छहों तत्त्व बना डाला है।"

"लेकिन यह ज़माना दौलत का है। दौलत के लिए एक दौड़ लगी है। देश का बंटवारा क्या हुआ, मनुष्य धन के लिए पागल हो उठा है। और पूरन भैया भी ठीक हैं।"

"और मन की शान्ति?" मां ने कहा।

"धन ही मन की शांति लाता है।"

"तुम भी ऐसा ही सोचती हो?"

"मैं क्या, दुनिया सोचती है।"

"तो तुम भी मुझे निराश करोगी?"

"नहीं, मां! लेकिन तुम स्वयं ही सोचो। पिताजी एक आदर्शवादी स्कूल अध्यापक हैं। कभी अच्छा नहीं खाया। कभी अच्छा नहीं पहना। और यही हमें नसीब होता है। यदि भैया इस आदर्श को बदलना चाहते हैं तो क्या बुराई है?"

"बेटी, बुराई तो कोई नहीं। लेकिन मन की शांति नहीं, और मन की शांति धन से अधिक आवश्यक है।"

"वह तो तुम्हारी आयु में मनुष्य सोच सकता है। भैया की आयु में धन ही मन की शांति है।"

"खैर! मैं तो बहुत दिन जीवित नहीं रहूंगी। मेरी चिंता तो यही है कि सुषमा की शादी हो जाए। और फिर तुम्हारी...।"

"और पूरन भैया?"

"लड़कों का क्या है! वे स्वयं ही विवाह कर लेते हैं। उनकी चिंता माता-पिता को नहीं होती।"

"यह भी गलत है।"

"तू इतनी छोटी है, बल्कि घर में सबसे छोटी, लेकिन बोलती सबसे अधिक है।"

"मां!" रमा ने लाड़ से कहा और बांहें मां के गले में डाल दीं।

2

संध्या को समय पर खाना तैयार हुआ। मध्यम वर्ग के घर की भांति संध्या का खाना सात बजे तक खा लिया जाता था। पूरन आज भी गायब था।

"शमी!" गोपालदास ने पत्नी से कहा।

"जी।"

"पूरन आज भी खाने पर उपस्थित नहीं।"

"अभी आ जाएगा।"

"आ जाएगा!...लेकिन मुझे इस लड़के के लच्छन बिलकुल पसन्द

नहीं। यह आशा के बिलकुल विपरीत सिद्ध हो रहा है।"

"अभी बच्चा है।"

"बच्चा है! पचीस वर्ष की आयु होने को आई है और तुम उसे बच्चा समझती हो! स्कूल में भी वह बच्चों पर पूरा ध्यान नहीं देता। पिछले वर्ष स्कूल इंस्पेक्टर ने उसके विरुद्ध लिखा था। मुझे डर है, वह स्कूल से निकाल न दिया जाए।"

"आप चिंता न करें। पूरन अपना बुरा-भला स्वयं सोच सकता है। फिर आपने उसे अच्छी शिक्षा दिलाई है..."

"जो मेरे वश में न थी।"

"मैं जानती हूं, लेकिन मैं कहने लगी थी कि वह ट्रेंड टीचर है। उसे नौकरी की कमी नहीं।"

"लेकिन शमी, स्कूल टीचर तो आदि से अन्त तक आदर्शवादी होता है। तभी बच्चों पर अच्छा प्रभाव पड़ता है। और यदि शिक्षक ही आदर्शवादी न हो तो बच्चे भी शिक्षा से विमुख हो जाते हैं।"

"वह ठीक है, लेकिन अब समय बदल गया है।"

"क्या समय बदल गया है! अध्यापक का जीवन तप और त्याग का होता है। रूखी-सूखी खाना, मोटा पहनना और ऊंचे विचार रखना यही शिक्षक की सफलता का चिह्न है।"

"मैं जानती हूं।"

"इसलिए कि मैंने सारा जीवन एक ईमानदार अध्यापक की भांति व्यतीत किया। क्या हमारे जीवन में सुख और शांति नहीं? भगवान ने हमें क्या नहीं दिया! मान-मर्यादा और अच्छी पत्नी और..."

"और? ..." शमी ने टोका। शमी जानती थी कि गोपालदास क्या कहना चाहता था और उसने कहा नहीं, क्योंकि वह चीज़ इन्हें प्राप्त न हुई थी।

"और कुछ नहीं।"

शमी मुस्करा दी। "आप अपनी बात स्वयं ही काट देते हैं। क्या आप यह न कहने लगे थे कि धन भी मिला?"

"हां।" गोपालदास ने स्वीकार किया।

"मिला; लेकिन उतना नहीं जितने की आवश्यकता थी। मैंने कभी लखपती बनने के स्वप्न नहीं देखे। मालिक ने जो दिया, मैंने उसका धन्यवाद किया और जो नहीं दिया, उसका गिला नहीं किया।"

"फिर आज यह गिला क्यों?"

और इस क्यों का उत्तर शमी की खांसी के रूप में मिल गया। गोपालदास को उसकी खांसी ने अहसास कराया कि यह खांसी इसलिए दूर नहीं हो सकती क्योंकि अच्छा इलाज नसीब नहीं। और इस खांसी ने इसलिए घर कर लिया है क्योंकि अच्छा भोजन न था।

"मैं तुम्हारी इस खांसी के लिए बहुत चिंतातुर हूं।" गोपालदास के स्वर में याचना थी।

"आप बेकार में परेशान होते हैं। अब तो यह खांसी इतनी पुरानी हो गई है कि यदि न हो तो मैं परेशान हो जाती हूं। मैं सोचती हूं कि खांसी बन्द क्यों हो गई।"

"मैं इसका कारण जानता हूं।"

"क्या?" शमी ने खांसी पर काबू पाने की चेष्टा की।

"अच्छा इलाज भाग्य में नहीं।"

"इलाज हो रहा है, जो हो सकता है। अब स्वस्थ होना तो भगवान के हाथ में है। कौन डाक्टर दावे से कह सकता है कि वह रोगी का इलाज कर सकता है। हर समझदार डाक्टर यही कहता है कि वह केवल इलाज करता है और स्वास्थ्य प्रदान करने वाला भगवान है।"

"और हमारा भगवान हमसे रुष्ट है।"

"बिलकुल नहीं। मैंने कभी भगवान के विरुद्ध शिकवा नहीं किया। भगवान ने आप जैसा पति दिया, जिसने मुझे प्रेम का अपार धन दिया, और फिर बच्चे—लड़के और लड़कियां। ये सब हमारी पूंजी हैं। और मैं उसकी कृतज्ञ हूं।"

"शमी!"

"कहिए।"

"कभी-कभी मैं सोचता हूं कि तुम्हारे साथ विवाह करके मैंने तुम्हें दुःख के सिवा कुछ नहीं दिया।"

"फिर वही गलत बात!"

"नहीं शमी, यह सच है। और यह मेरे दिल की आवाज़ है।"

"और मेरे दिल की आवाज़ इसके विरुद्ध है।"

शमी ने टकराने की कोशिश की।

"नहीं शमी! वह जवानी थी और जवानी अंधी होती है। उस समय सूरत से प्यार होता है। प्रेम के सिवा हर बात हेच नज़र आती है। कहां मैं और कहां तुम! भाइयों की लाड़ली बहिन, मां-बाप की लाड़ली बेटी। और धन में खेलती थी।"

"और अब मुझे किस वस्तु की कमी है?"

"यह खांसी—यह बलगम—यह खून..."

"...ओह, ये..." शमी ने मुस्कराने की भरपूर चेष्टा की, "ये तो जीवन के अंग हैं। यदि मेरी शादी किसी अमीर घराने में हो जाती तो क्या अमीर बीमार नहीं होते ?"

"नहीं शमी, ये सब दिल बहलाने की बातें हैं। तुमने मेरी खातिर अपना जीवन खत्म कर दिया। मैंने तुम्हें गरीबी, भूख और कष्ट, बीमारी के अतिरिक्त कुछ नहीं दिया।"

"ऐसी बातें अच्छी नहीं लगतीं। मैं जानती हूं, आपका प्रेम मेरा धन

था। अमीरी थी। अरमान थे। सुख था। आपको पाकर मैंने कभी खेद प्रकट नहीं किया।"

"मैं जानता हूं। लेकिन वास्तविकता सामने है। जवानी में तो प्रेम ही सब कुछ होता है। लेकिन जब जवानी गुज़र जाती है तो प्यार बंट जाता है। इसका अधिकांश भाग बच्चे ले जाते हैं।" गोपालदास ने भावुक होकर कहा।

"आज आप कैसी बातें ले बैठे हैं! मैं केवल एक बात कह सकती हूं और वह मेरे अन्तस्तल की गहराइयों से निकलती है। मैंने आपको पाकर सब कुछ पाया था।"

"लेकिन मैं वह सुख नहीं दे सका जो तुम्हें मिलना चाहिए था।"

"यह आपका भ्रम है। हमारी जोड़ी कितनी सुन्दर थी! और दुनिया हमें देखकर डाह करती थी।"

"हमपर नहीं, हमारे सौन्दर्य पर।"

"वही तो मैं कहती हूं।"

"लेकिन मैं जानता हूं कि तुमने मुख से इन तमाम वर्षों में कभी कोई गिला नहीं किया। कोई शिकायत नहीं की। और तुम्हारी यह चुप्पी मुझे सदा परेशान करती रही। मेरी आत्मा को झंझोड़ती रही। मुझे कचोटती रही कि तुम्हारे बलिदान को सम्मुख रखकर मैं तुम्हें वह सुख न दे सका जिसकी तुम अधिकारिणी थीं, जो तुम्हें मिलना चाहिए था।"

"और मैं कितनी भाग्यशालिनी हूं! आप जैसा पति मिला। दो बेटे हैं। दो बेटियां हैं। और इन्सान मांग भी क्या सकता है? घर है। बच्चे हैं। प्यार करने वाला पति है।"

"और यही बातें मेरे मन में कांटा बनकर चुभी जाती हैं।"

"और मैं स्वयं को संसार की सबसे भाग्यशाली पत्नी और मां समझती हूं।"

“वह तो तुम्हारी नम्रता है।”

“फिर शिकायत कैसी?”

“यही कि मैं तुम्हारे सौन्दर्य को स्थिर न रख सका।”

“सौन्दर्य आयु के साथ चला जाता है। मैं पहली स्त्री नहीं जो बूढ़ी हो रही हो। प्रत्येक नारी को वृद्धावस्था प्राप्त होती है। हमने सबसे अच्छी जवानी काटी है। मैं वह प्रेम पाकर फूली न समाती थी। और अब मुझे लेश-मात्र भी दुःख नहीं कि मैं बूढ़ी हो गई हूं, या हो रही हूं। यह बात तो स्वाभाविक ही है। लेकिन आपका प्रेम आज भी उसी प्रकार है जिस प्रकार वह विवाह से पहले था, जब हम चोरी-छुपे मिला करते थे।” शमी का स्वर जवान हो गया।

“लेकिन...” गोपालदास कुछ कहने लगा था, फिर रुक गया।

“लेकिन-वेकिन क्या! अब मैं बहू का मुंह देखूंगी। घर में पोता होगा। हम सुषमा का विवाह करेंगे। आप नाना बनेंगे और मैं नानी।”

“और इन बातों में तुम एक सत्य को झुठला रही हो।”

“कौन-से?”

“संसार जानता है कि हमारा धर्म एक न था।”

“नारी का वही धर्म होता है जो उसके पति का होता है। आपका विचार है कि मैं दादी और नानी न बनूंगी! आप जानते हैं, पूरन के लिए कितने सम्बन्ध आए हैं! सुषमा का हाथ कितने लोगों ने मांगा है!” शमी ने कहा।

“लेकिन तुमने कभी बताया ही नहीं।”

“मैं समय की प्रतीक्षा कर रही थी। मैं पूरन के लिए बहुत ही अच्छी बहू का चुनाव करूंगी। आप डरते रहे हैं कि हमारे बच्चों का विवाह न होगा। इसलिए कि हमारा धर्म एक न था।” शमी का स्वर उत्साह से पूर्ण था।

"मैं तो डरता था।"

"डर किस बात का? हमने कोई पाप नहीं किया। विधि के अनुसार विवाह किया है। गृहस्थी चलाई है। फिर पूरन अब जीविकोपार्जन के योग्य है। भला उसके लिए लड़कियों की क्या कमी है?"

गोपालदास बोला, "मैं फिर अकारण ही डरता रहा?"

"बिलकुल!"

"क्या सम्बन्ध आए हैं?"

"एक नहीं, एक दर्जन से अधिक।"

"ओह!" गोपालदास ने गहरी सांस ली।

"शमी, एक बात कहूं?"

"कहो।"

"हम अपनी संतान से बहुत-सी बातों की आशा रखते हैं।"

"यह सत्य है। और हमारी संतान नेक है।"

"लेकिन मैं पूरन की कुछ बातें पसन्द नहीं करता। मैं भी स्कूल अध्यापक रहा हूं, और अब भी हूं। पूरन भी स्कूल अध्यापक है। लेकिन पूरन धन का पुजारी है।"

"इसमें बुराई क्या है?"

"बुराई तो कोई नहीं। लेकिन अध्यापक का जीवन तप और त्याग का होता है। अध्यापक कभी लखपती नहीं बन सकता। संतोष उसका परम उद्देश्य है।"

"यह आपका चिन्तन है। और आप एक बात भूल रहे हैं।"

"क्या?"

"नवयुवक सदा नये इरादे, नये जोश, नये विचार और उमंग रखते हैं।"

"पूरन को धन से प्रेम है।"

"होना भी चाहिए।"

"यह तुम कहती हो?"

"नहीं।"

"फिर?"

"आप कहते हैं।"

"मैं ?" गोपालदास चौंक पड़ा।

"हां। क्या अभी-अभी आप मुझे नहीं समझा रहे थे कि आप मुझे वे सुख न दे सके जो धन से मिलते हैं?"

"समझा रहा था, लेकिन तुम कह रही थीं कि..."

"मैं क्या कह रही थी, वह अपनी जगह ठीक है। हमारी और आपकी ज़िन्दगी अपनी जगह है। हमने जिस प्रकार का प्रेम किया था, उस किस्म का प्रेम आज के ज़माने में कोई नहीं करता। अब समाज बदल गया है। देश के विभाजन के पश्चात् धन की दौड़ लगी है। हर कोई धन चाहता है।"

"तुम भी?"

"मैंने कहा था कि हमारी बात और थी। मैं पूरन की बात कर रही हूं। पूरन एक स्वतन्त्र देश में युवा हुआ है। आज प्रत्येक व्यक्ति धनवान होना चाहता है। फिर पूरन यदि ऐसा चाहता है तो क्या बुराई है?"

"लेकिन शमी, अध्यापक कभी धनवान नहीं हो सकता।"

"क्यों नहीं हो सकता?"

"क्या मतलब?"

"वेतन के अतिरिक्त ट्यूशन..."

"और मैं ट्यूशन से घृणा करता हूं। वह शिक्षक ही क्या जिसने अपने छात्रों पर इतनी मेहनत न की हो कि वे ट्यूशन के बिना पास हो जाएं। जो कमज़ोर बच्चे होते हैं उन्हें मैं स्कूल के समय के अवकाश के

उपरान्त पढ़ाता हूं।"

"पूरन भी यही करता है।"

"लेकिन वह ट्यूशन पढ़ाता है।"

"तो क्या बुरा करता है? आप इसे बेईमानी कहते हैं?"

"बिलकुल!"

"आप अपनी जगह ठीक हैं और पूरन अपनी जगह।"

"लेकिन मैं इसे बेईमानी कहता हूं।"

"अब वह ज़माना नहीं रहा।"

"खैर! मैं तुमसे विवाद नहीं कर सकता। लेकिन मुझे यह ट्यूशन का धन्धा बिलकुल पसन्द नहीं।"

"अब ज़माना बदल गया है। अब बच्चों का ज़माना है।"

"और बच्चे नालायक हैं।"

"सब माता-पिता ऐसा कहते हैं।"

3

"विद्यार्थियो, मैं कहे देता हूं कि तुम बिलकुल पास नहीं हो सकते।" पूरन ने अपनी कक्षा के छात्रों से कहा।

छात्रों ने एक-दूसरे को देखा और मन्द-मन्द मुस्करा दिए। यह नारा सुनने के वे आदी हो चुके थे।

"तुम हंस रहे हो, लेकिन मैं कहे देता हूं कि तुम बिलकुल पास नहीं हो सकते।" पूरन ने उन्हें धीरे से मुस्कराकर कहा।

छात्रगण जानते थे कि पूरन सदा इसी प्रकार कहता था। इसका तात्पर्य था कि 'ट्यूशन शुरू करो'।

अभी तक केवल चार छात्रों ने ट्यूशन रखी थी। पचास रुपये प्रति

छात्र के हिसाब से दो सौ रुपये मासिक। पौने पांच सौ रुपये मासिक वेतन। अर्थात् पौने सात सौ रुपये मासिक आय। भला इस महंगाई के ज़माने में इस आय में एक अध्यापक का निर्वाह हो सकता था? इस स्कूल में ऊंची श्रेणी और दुकानदार वर्ग के बच्चे शिक्षा पा रहे थे। पचास प्रतिशत से अधिक छात्रों के माता-पिता एक हज़ार रुपये से अधिक आय वाले थे।

वार्षिक परीक्षा अप्रैल में होती थी। यह सितम्बर का मास था। और अभी तक केवल चार ट्यूशन—यदि अब ट्यूशन न रखेंगे तो सीज़न गुज़र जाएगा, और सीज़न में ही तो असली आय होती थी।

सितम्बर से मार्च तक अर्थात् सात मास कम से कम दस छात्र ट्यूशन रखें, वरना वह तो बीस-बीस छात्रों को ट्यूशन पढ़ाता था।

अर्धवार्षिक परीक्षा आरम्भ होने वाली थी। उसे नब्बे प्रतिशत छात्रों को फेल करना होगा, तब जाकर बीस छात्र ट्यूशन रखेंगे।

प्रतिवर्ष वह इसी प्रकार करता था। सीधी उंगलियों यदि घी नहीं निकलेगा तो उसे उंगलियों को टेढ़ा करना पड़ेगा।

वह जानता था कि कौन-कौन छात्र खाते-पीते घराने के लड़के हैं और ट्यूशन की फीस चुका सकते हैं।

"फिर आज कहां से पढ़ना है?" उसने प्रश्न किया।

लड़कों ने उत्तर में पाठ बता दिया।

आज उसका मूड पढ़ाने का न था, इसलिए कि आज प्रातः से अब तक उसे चरस का केवल एक सिगरेट नसीब हुआ था। वह जिस व्यक्ति से चरस खरीदता था उसके पास आज स्टाक न था, और पूरन के पास केवल एक गोली बची थी। प्रातः घर से जब वह चलने लगा तो स्वभाव के अनुसार उसने खाना खाया और चरस का सिगरेट पिया।

एक सिगरेट से तसल्ली न हुई, बल्कि उसका शरीर बुरी तरह टूट

रहा था। यह साली चरस भी ब्लैक में बिकने लगी थी। वे अध्यापक भाग्यशाली थे जो अफीम का सेवन करते थे। उसने भी कई बार सोचा था कि अफीम शुरू कर दे, लेकिन अफीम और मदिरा का मेल न था। चरस और शराब में मेल था। दिन में वह छः सात सिगरेट चरस के फूंकता था और शाम को एक पौवा व्हिस्की।

इधर व्हिस्की भी दिन-प्रतिदिन महंगी होती जा रही थी। पहले साढ़े चार रुपये का पौवा मिल जाता था, अब छः रुपये का हो गया था।

और छात्र मुस्करा रहे थे।

"हां, तो आज का पाठ है..." कहकर वह रुक गया। ज़ालिम चरस के बिना दिमाग बिलकुल काम न करता था।

लड़कों ने पाठ का नाम दुहराया।

"मेरा आज मूड आफ है। आज पढ़ाने को जी नहीं चाहता।" पूरन को स्वीकार करना पड़ा।

लड़कों के चेहरे खिल उठे। चौदह और सोलह वर्ष की आयु के लड़के जवानी के दरवाज़े पर खड़े थे। उन्हें फिल्मी बातों से अवकाश न था। ऐसा अध्यापक कहां मिल सकता था जो गृह-कार्य न दे, जिसका महीने में दस दिन पढ़ाने का मूड न हो?

'फिर शिक्षा की आवश्यकता ही क्या थी?' पूरन ने सोचा। 'यूनिवर्सिटियां ग्रेजुएट पैदा कर रही थीं, और बेकारी में बढ़ोतरी हो रही थी।' वे छात्र भाग्यशाली थे जो ग्यारह वर्ष में हायर सेकण्डरी पास कर जाते थे। पूरन जैसे टीचर हों तो दो-चार वर्ष अधिक लग ही जाते थे।

लड़के परस्पर बातें करने लगे और पूरन रजिस्टर खोलकर बैठ गया।

लड़कों की बातें जब शोर का रूप धारण कर गईं तो पूरन ने कड़कते

स्वर में कहा, "शोर बन्द करो और अपना पाठ याद करो।"

"कौन-सा पाठ, सर?" एक शरारती लड़के की आवाज़ आई।

"जो कल पढ़ाया था।"

"सर, आपने तो कल भी नहीं पढ़ाया था।"

"इसीलिए तो मैं कहता हूं कि तुम पास नहीं हो सकते। मुझे तुम्हारी यही हरकतें पसन्द नहीं। बस, देख लेना, सारी क्लास फेल होगी—सारी क्लास। कोई भी पास न होगा।" पूरन ने डराया। "अगले महीने अर्धवार्षिक परीक्षा आरम्भ हो रही है। और परिणाम सामने आ जाएगा।"

"सर, आप पढ़ाएंगे ही नहीं, तो हम पास कैसे होंगे?" एक निर्धन छात्र ने कहा।

"मैं नहीं पढ़ाता या तुम्हारा पढ़ाई में जी नहीं लगता, सच बताओ! इस समय तुम फिल्मों के बारे में बातें नहीं कर रहे थे?"

लड़के निरुत्तर रहे।

"देखा! मैं सब जानता हूं। तुम सब फिल्मी हीरो हो और हीरो बनने के स्वप्न देखते हो। पढ़ाई में तो जी ही नहीं लगता। बस फिल्मों की बातें चाहिए।"

लड़के धीरे-धीरे मुस्करा रहे थे। इशारों और कनखियों से बातें कर रहे थे।

वह श्रद्धा जो छात्रों के हृदय में एक शिक्षक के प्रति होती है, इन छात्रों के हृदय में न थी। फिर शिक्षक भी तो वे शिक्षक न थे जो श्रद्धा के पात्र होते हैं।

लड़के फिल्मी जीवन में खो गए और पूरन के मस्तिष्क में डौली उजागर हो गई। कल शाम डौली उससे रुष्ट हो गई थी।

डौली अपनी तरह की लड़की थी।

लड़की या स्त्री?

पूरन आज तक निर्णय न कर सका था। यों तो डौली कहती थी कि उसकी आयु इक्कीस वर्ष की है, लेकिन जहां तक अनुभव का प्रश्न था वह इकतीस वर्ष की थी। और सूरत से अट्ठाईस वर्ष से कम नज़र न आती थी।

डौली और पूरन की भेंट भी एक अद्भुत दुर्घटना थी। एक अध्यापक, दूसरी नर्स।

दोनों का धन्धा पृथक् था। लेकिन डौली का भाई जेम्स उसी स्कूल में छात्र था जहां पूरन टीचर था।

जेम्स शिक्षा से बहुत दुर था। फिल्मों और सिगरेटों की भरमार। चौदह वर्ष की आयु में एक अनुभवशाली पुरुष जान पड़ता था—वह अनुभवशाली पुरुष, जो एक नर्स का भाई हो सकता है।

डौली जेम्स की असंगत हरकतों से तंग आकर एक दिन स्कूल आई और उसकी भेंट पूरन से हो गई। पूरन उसका क्लास टीचर था।

यों तो डौली पुरन के पास सहायता के लिए आई थी, लेकिन उसके रूप और जवानी से प्रभावित हुए बिना न रह सकी।

'मैं जेम्स का आज से पूरा ध्यान रखूंगा।' पूरन ने कहा, 'लेकिन मुझे आपकी सहायता की भी आवश्यकता है।'

'मेरी सहायता?' डौली ने बेझिझक नर्स की भांति देखते हुए कहा।

'जी हां।'

'कैसी सहायता?'

'जेम्स एक 'प्राबलम चाइल्ड' है।'

'मैं जानती हूं। वह इस आयु में घर से तीन बार भाग चुका है। मैं बहुत ही परेशान हूं।'

'आपकी परेशानी आज से मेरी परेशानी है। लेकिन आप मुझे मिलें

ताकि मैं उसके सम्बन्ध में अच्छी तरह जानकारी प्राप्त कर लूं।'

'वैसे तो आप मुझे हस्पताल में मिल सकते हैं, लेकिन ड्यूटी के बीच मैं खुलकर बातें न कर सकूंगी।'

'सप्ताह में एक दिन आपको अवकाश नहीं होता?'

'होता है।'

'किस दिन?'

'शुक्रवार को।'

'तो आप शुक्रवार को मिलें।'

'कहां?' डौली ने प्रश्न किया।

इस प्रश्न का अर्थ था कि डौली उसे अपने घर आमंत्रित न करना चाहती थी।

'कहां?...' पूरन ने दीर्घ निःश्वास लिया, 'इसका अर्थ है कि स्थान का प्रबन्ध भी मुझे करना होगा?'

'जी हां।'

'मेरे एक परिचित हैं। काफी अमीर हैं। मैं उनके बच्चे को ट्यूशन पढ़ाता हूं। उनका ज़फर मार्ग पर फ्लैट है जो दफ्तर भी कहा जा सकता है, या ऐसा दफ्तर जो फ्लैट का काम दे सकता है। कारोबार तो संध्या छः बजे समाप्त हो जाता है। और संध्या को महफिल जमती है। क्या आप वहां आना पसन्द करेंगी?'

'संध्या को छः बजे?' डौली ने पुष्टि करनी चाही।

'उपयुक्त समय होगा।'

'लेकिन मैं अधिक देर न रुक सकूंगी।'

पूरन धीरे से मुस्करा दिया। डौली एक नर्स थी। वह पवित्रता की प्रतिमा न थी। उसके जीवन में कई फ्लैट आए होंगे। फ्लैट उसके लिए नई और अपरिचित जगह न होगी।

'मैं केवल उसके अतीत के विषय में कुछ बातें करूंगा। और फिर मेरे लिए कठिन न होगा कि मैं आपके भाई को, जो 'प्राबलम चाइल्ड' है, ठीक न कर सकूं।'

'तो आज बुध है, और शुक्रवार परसों है।'

'मैं कागज़ पर फ्लैट का पूरा पता लिखकर दे देता हूं। आपको पहुंचने में कोई कठिनाई न होगी।'

'मुझे स्थान ढूंढ़ने में कोई कठिनाई नहीं होती।'

'बहुत खूब! मैं आपकी तीव्र बुद्धि का कायल हो चुका हूं। और शेष मिलने पर हो जाऊंगा।'

पूरन ने एक कागज़ पर फ्लैट का पता लिखकर बढ़ा दिया, जिसे डौली ने अपने पर्स में डाल लिया—जिस पर्स में दर्जनों पते थे और दर्जनों टेलीफोन नम्बर थे।

'मैंने सावधानी-सूचक टेलीफोन का नम्बर भी दर्ज कर दिया है ताकि आवश्यकता के समय काम आ सके।'

'बेहतर।'

'फिर शुक्रवार संध्या को छः बजे हम मिल रहे हैं?'

'निश्चय ही।'

'ऐसा न हो कि मैं प्रतीक्षा ही करता रहूं।'

'जी नहीं। आपको प्रतीक्षा का कष्ट न उठाना पड़ेगा। मैं वायदे और समय की बहुत पाबन्द हूं। एक नर्स के जीवन में इसकी बहुत आवश्यकता है। वह दर्जनों रोगियों के सम्बन्ध में जानती है कि किस रोगी को किस समय दवाई देनी है।'

'बहुत खूब!'

शुक्रवार को ठीक छः बजे डौली उपस्थित थी। पूरन ने फ्लैट के मालिक को पहले ही सूचित कर दिया था। और उसे कोई आपत्ति न थी।

फ्लैट पर हर संध्या कोई न कोई प्रोग्राम बन जाता था। व्हिस्की और नारी इस प्रोग्राम के विशेष अंग थे।

फ्लैट दो कमरों पर आधारित था। पहले कमरे में कुर्सियां, मेज़ और फोन थे, जो दफ्तर का वातावरण प्रस्तुत करते थे। दूसरे कमरे में एक दीवान, एक सोफासेट और एक मेज़।

पूरन भीतरी कमरे में बैठा था। उसने घड़ी पर दृष्टि डाली। छः बजने में पांच मिनट थे।

'देखें, आज प्रतीक्षा की घड़ियां कितनी कठिन होती हैं' ने मन ही मन कहा। 'वायदा, और वह भी स्त्री का! कभी पूरा नहीं हो सकता। फिर डौली अपनी जवानी और अदाओं से भली प्रकार परिचित थी। वह जानती थी कि पुरुषों को प्रतीक्षा करने की आदत है और स्त्रियों को प्रतीक्षा कराने की।'

केवल पांच मिनट और।

क्यों न वह एक चरस से भरा सिगरेट फूंक डाले? लेकिन पूरन ने दूसरे क्षण इस विचार का खंडन कर दिया। चरस की बू तो दूर-दूर तक फैल जाती है। यदि डौली नियत समय पर आ गई तो वह इस बू को कैसे रोक सकेगा?

'क्या मैं भीतर आ सकती हूं?' दूसरे कमरे से एक नारी के मधुर स्वर ने पूरन को चौंका दिया।

'जी।' फ्लैट के मालिक वर्मा ने कहा।

पूरन ने घड़ी देखी, ठीक छः बजे थे। क्या यह डौली का स्वर था?

'मुझे मिस्टर पूरन से मिलना है।' डौली ने भीतर आकर कहा।

'अवश्य, अवश्य!' वर्मा की आवाज़ आई, 'वे भीतर आपकी प्रतीक्षा कर रहे हैं।'

पूरन का दिल एक बार धड़का। डौली सचमुच वायदे की पूरी थी। उसने ठीक कहा था कि नर्स दर्जनों रोगियों को समय पर दवा देती है।

यह उसके कर्तव्य में सम्मिलित है।

'तो मैं भीतर चली जाऊं?'

'अवश्य, अवश्य!'

दूसरे क्षण डौली दरवाज़े में खड़ी थी। पूरन सोफे पर बैठा था।

'क्या मैं भीतर पा सकती हूं?'

'अहोभाग्य!' पूरन ने खड़े होकर उसका स्वागत किया।

डौली आज वह डौली न थी जो बुध को स्कूल में मिली थी। वह भीतर आ गई।

'बिराजिए।' पूरन ने सोफे की ओर संकेत किया।

'धन्यवाद,' कहकर डौली बैठ गई। और कमरा सेंट की सुगन्धि से परिपूर्ण हो गया।

डौली का रंग गेहुंआ था, लेकिन उसके नख-शिख बहुत तीखे थे। बड़ी-बड़ी आंखें, खुला मस्तक, सुतवां नाक। हां, होंठ मोटे थे—एक साधारण ईसाई लड़की की भांति।

'मुझे देर तो नहीं हुई?' कहकर उसने अपना बैग मेज़ पर रख दिया।

'आपको जगह ढूंढ़ने में कोई कष्ट तो नहीं हुआ?'

'जी नहीं।'

'आप पूरे छः बजे आई हैं। मुझे एक मिनट के लिए भी प्रतीक्षा का कष्ट न उठाना पड़ा।'

'मैंने कहा था कि मैं समय की पाबन्द हूं।'

'लेकिन मुझे विश्वास न था।' कहकर पूरन हंस दिया।

मेज़ पर दो खाली गिलास पड़े थे।

डौली की दृष्टि मेज़ के नीचे चली गई, जहां सोडे की बोतलें और व्हिस्की का अद्धा पड़ा था। वह धीरे से मुस्करा दी। सोफासेट तो अपनी जगह था, लेकिन दीवान खामखाह आमंत्रित कर रहा था। शाम का पूरा

प्रबन्ध था।

'मुझे प्रतीक्षा करने में बड़ा कष्ट होता है।' पूरन ने कहा।

'लेकिन मैंने कष्ट नहीं उठाने दिया।'

'धन्यवाद!'

'क्या एक गिलास पानी मिल सकता है?'

'इतनी गर्मी तो नहीं।'

'लेकिन मेरा कंठ सूख रहा है।'

'पानी तो है, लेकिन सफेद नहीं।' कहकर पूरन ने मेज़ के नीचे हाथ बढ़ाया और व्हिस्की का अद्धा निकाल लिया।

'एक गिलास पानी मिल जाता तो ठीक था।'

'यह भी पानी ही है।' कहकर पूरन खाली गिलासों में व्हिस्की के पैग ढालने लगा।

डौली ने उत्तर न दिया, बल्कि उत्तर में बैग खोलकर छोटा-सा शीशा निकाला और स्वयं को देखा।

'आपका मेकअप बिलकुल ठीक और उपयुक्त है।' पूरन ने मुस्कराकर पैग ढाल दिए थे। उसने बोतल मेज़ के नीचे रख दी। और अब उसके हाथ में सोडा था।

'मुझे अहसास हुआ था कि शीशे ने शायद अपना प्रभाव दिखाया है।' कहकर डौली ने शीशा बैग में रखा और बैग बन्द कर दिया।

'और आईने ने क्या कहा?'

'जो आपने कहा।'

सोडा डाल दिया गया था।

'लीजिए।' कहकर पूरन ने गिलास बढ़ाया।

'यह...यह मेरे लिए है?' डौली ने कृत्रिम आश्चर्य प्रकट किया।

'और आप क्या समझी थीं?'

'मेरा विचार था कि आपके मित्र के लिए है जो बाहर बैठे हैं।'

'वह अभी किसीकी प्रतीक्षा कर रहे हैं। बाद में सम्मिलित होंगे।'

'लेकिन मैं तो व्हिस्की नहीं पीती।'

'मिस डौली! मैंने जीवन में गलत सोचा भी है और गलत कदम उठाए भी हैं, लेकिन इसके विपरीत मैं जानता हूं कि मानव मेरे लिए अपरिचित नहीं।'

'क्या मतलब?'

'आप शौक रखती हैं।'

'आप कैसे कह सकते हैं?'

'यह मेरा विश्वास है।...लीजिए गिलास उठाइए।' कहकर पूरन ने अपना गिलास उठा लिया।

'लेकिन, लेकिन...'

'अब शेष बातें बाद में होंगी। बातें करने के लिए सारी शाम पड़ी है।'

'लेकिन मैंने कहा था कि मैं अधिक देर रुक न सकूंगी।'

'मुझे याद है।'

'फिर, यह व्हिस्की का प्रोग्राम? मैं तो अपने भाई जेम्स की 'प्राबलम' के लिए आई थी।'

'मैं जीवन की सारी प्राबलम व्हिस्की से हल करता हूं। मिस डौली, बातें करने के लिए सारी शाम पड़ी है। प्यास से कंठ सूख रहा है। और आपने भी प्यास का प्रदर्शन किया था। गिलास होंठों से लगाइए। फिर बातें शुरू करेंगे।'

'आश्चर्य है! मैं तो यह सोचकर ही न आई थी।'

'तो अब क्या सोच है? गिलास और मैं आपकी आज्ञा की प्रतीक्षा कर रहे हैं।'

'क्या हर शाम यही प्रोग्राम होता है?'

'जी हां। इधर सूर्य अस्त होता है, उधर मैं उदय होता हूं। आप अधिक न तरसाइए।'

डौली ने गिलास उठा लिया।

'जीवन की प्राबलम के नाम!' पूरन ने टोस्ट चुना। और गिलास होंठों से लगा लिया।

डौली ने गिलास होंठों से लगाया। हल्का-सा घूंट भर लिया और गिलास मेज़ पर रख दिया।

लेकिन पूरन ने जब गिलास मेज़ पर रखा तो वह खाली था। उसने एक ही बार में गिलास खाली कर दिया था।

'क्षमा कीजिए। मैं पहले दो पैग ज़रा तेज़ी से खत्म करने का आदी हूं।' कहकर पूरन खाली गिलास में व्हिस्की डालने लगा।

'मैं तो बिलकुल नहीं पीती। अब आपने विवश किया तो अलग बात है।' डौली ने कहा।

'खैर, देखेंगे।' पूरन अब सोडा डाल रहा था।

'हां तो अब बात शुरू करें?'

'अवश्य।'

'बात यह है कि हमारे माता-पिता नहीं हैं। मैं घर में सबसे बड़ी हूं और हम दो बहिनें और एक भाई हैं। मैंने जेम्स को मां से अधिक प्यार दिया।'

'या अधिक लाड़?' पूरन ने बात काटी।

'जी हां। आप कह सकते हैं। और शायद मेरे प्रेम या लाड़ ने उसे बिगाड़ डाला। मैं तो चाहती थी कि उसे यह महसूस न हो कि उसके सिर पर माता-पिता की छाया नहीं। और वह माता-पिता के स्नेह से वंचित है, लेकिन मेरी यह सोच गलत सिद्ध हुई है। जेम्स मेरे लाड़-प्यार का गलत उपयोग कर रहा है।'

'क्या आपने कभी ध्यान देने की कोशिश की है कि स्कूल में उसके साथी कौन हैं?'

'जी नहीं।'

'बस। आज के समाज में यही सबसे बड़ा दुर्भाग्य है। माता-पिता समझते हैं कि स्कूल में बच्चा प्रविष्ट करा दिया। अब सब उत्तरदायित्व अध्यापकों का है। और अध्यापकगण कोई भी उत्तरदायित्व नहीं उठाते। लड़के और लड़कियां अपनी संगत से बनते और बिगड़ते हैं। आपने उसकी हर बात पूरी की। उसे आवश्यकता से अधिक जेबखर्च दिया और वह स्कूल से भागकर फिल्में देखने लगा, सिगरेट पीने लगा।

'जेम्स सिगरेट भी पीता है?'

'जी हां।'

'ओह गॉड!'

'माता-पिता अपने उत्तरदायित्व को बिलकुल नहीं समझते। कभी स्कूल नहीं जाते। न ही बच्चों के अध्यापकों से पूछने का कष्ट उठाते हैं कि उनका बेटा कक्षा में कैसा चल रहा है।'

'मेरी ड्यूटी बदलती रहती है। इसलिए मैं ऐसा न कर सकी।'

'खैर, आपकी बात और है। मैं तो उन माता-पिता को भी जानता हूं जो कभी गलती से स्कूल आ गए तो अपने बेटे का नाम तक नहीं जानते। बल्कि जो लाड़ का नाम है, जैसे पप्पू, बब्बू, गुल्लू, भोलू इत्यादि, इसी नाम से तलाश करते हैं।'

'हद है कि माता-पिता अपने बच्चों के नाम नहीं जानते!'

'मैं मज़ाक नहीं कर रहा हूं। गंभीर हूं। यह सत्य है। कभी-कभी मैं सोचता हूं कि उन पति-पत्नियों के केस में, जो दोनों नौकरी करते हैं, पति महोदय को तो यह भी पता नहीं कि उसकी संतान उसकी ही है या वह

केवल खानापूरी करने वाला पिता है।'

'खूब!' मिस डौली चहकी, 'ओह, मैं यह गिलास बड़ी मुश्किल से खाली कर सकूंगी। मैं तो केवल साथ दे रही हूं। मैं व्हिस्की की बिलकुल अभ्यस्त नहीं।'

'अभ्यस्त नहीं, लेकिन शौक तो पूरा करती हैं।'

'खैर!' कहकर डौली ने गिलास होंठों को लगा लिया।

'देश क्या स्वतन्त्र हुआ है, हर प्रकार की स्वतन्त्रता मिल गई है। बड़ों का सम्मान, उनकी मर्यादा, माता-पिता का आतंक—ये बातें तो बिलकुल खत्म हो गई हैं। माता-पिता अपने बच्चों के पालनपोषण पर समय नहीं नष्ट करना चाहते। आज की दुनिया में तो केवल एक काम रह गया है।'

'वह कौन-सा?'

'धन की तलाश। हर नैतिक और अनैतिक ढंग से धन प्राप्त करो, यह आज के समाज का नारा है। एक समय होता था कि अच्छी संतान ही दौलत समझी जाती थी। लेकिन अब साधारण लोगों को छोड़िए जो विवशता में गलत कदम उठाते हैं, जनरलों और आई०सी० एस० अफसरों के बच्चे स्मगलिंग का धन्धा करते हैं। कारें चोरी करते हैं। नकली शराब बनाते हैं। और कुछ तो नोट भी छापते हैं। अपने देश के भी और विदेशों के भी। उदाहरणतया पाउंड और डालर के नोट।'

'आपने तो मेरी अन्तरात्मा तक को झंझोड़ डाला है।' कहकर डौली ने गिलास उठाया और खाली करके रख दिया।

पूरन व्हिस्की डालने लगा तो वह बोली :

'नहीं, नहीं, मैं और नहीं पीऊंगी।'

'संकोच छोड़िए। व्हिस्की की कमी नहीं।' कहकर पूरन ने एक पैग व्हिस्की डाल दी।

'हां तो हम माता-पिता के उत्तरदायित्व की बात कर रहे थे।'

'जी हां। माता-पिता का उत्तरदायित्व और धनोपार्जन के लिए दौड़-धूप। प्रत्येक व्यक्ति फ्रिज़ चाहता है। चाहे फ्रिज में रखने के लिए दो दिन की बासी दाल हो और पानी की बोतलें ठंडी की जाती हों। यदि पानी की बोतलें ही ठंडी करना है तो इसके लिए चालीस रुपये का आइस-बाक्स खरीदिए। दो-अढ़ाई हज़ार का फ्रिज़ खरीदने की क्या आवश्यकता है। लेकिन धन की दौड़ और भेड़चाल का चोलीदामन का साथ है।'

'आप ठीक कहते हैं।'

'मैं अपना पैग बना लूं।' कहकर पूरन अपने खाली गिलास में व्हिस्की डालने लगा।

'आप रोज़ व्हिस्की पीते हैं?'

'जी हां!'

'तनखाह में निर्वाह कैसे होता है?'

'वेतन और ट्यूशन। सीज़न में मैं डेढ़-डेढ़ हज़ार रुपया मासिक कमाता हूं।'

'लेकिन एक स्कूल अध्यापक व्हिस्की तो एक ओर, सिगरेट तक नहीं पीते थे।'

'आपने ठीक कहा है—थे। लेकिन अब समय बदल गया है। मेरे पिता एक प्राइमरी स्कूल के अध्यापक हैं। आदर्शवादी। जिन्होंने कभी ट्यूशन नहीं पढ़ाई। जो स्कूल में बच्चों पर अनथक परिश्रम करते हैं। और यदि कोई घर पर सहायता के लिए आ जाए तो भी प्रस्तुत हैं।"

'फिर तो वह बहुत नेक हैं।'

'बहुत नेक और इस नेकी का उन्हें क्या पुरस्कार मिला है, आप जानती हैं?'

'जी नहीं।'

'सुनना पसन्द करेंगी?'

'अवश्य।'

'मेरी मां को कैंसर है। आप एक नर्स हैं। और स्वयं सोच सकती हैं कि कैंसर जैसा मूज़ी रोग कैसे पैदा होता है। आयुपर्यन्त खद्दर पहना और रूखी-सूखी खाई। घर में गिनती के बर्तन हैं। चारपाइयां हैं तो बिस्तर नहीं। तकिये हैं तो गिलाफ नहीं। और बिस्तरों पर चादरें नहीं। यह है इनके आदर्शवादी जीवन का साकार चित्र।'

'और आप रोज़ व्हिस्की पीते हैं?'

'क्यों न पीऊं? ये मिनिस्टर, लीडर, राजनीतिज्ञ, व्यापारी, ये सब 'करप्ट' हैं। धन के लिए पागल हो उठते हैं। मुझे इनसे घृणा है। और मैं इनसे बदला लेता हूं।'

'बदला?'

'हां।'

'किस प्रकार?'

'मैं इनके बच्चों को शिक्षा नहीं देता बल्कि इन्हें चरस के सिगरेट पीना सिखाता हूं।'

'ओ गॉड!'

'भगवान क्यों, मैं बताता हूं। इन नेताओं, मिनिस्टरों, व्यापारियों, बेईमान सरकारी अफसरों की वार्डरोब हैं जहां ब्लैक की कमाई के नोट भरे पड़े हैं। जो लम्बे-लम्बे भाषण देते हैं। जो जनता को कहते हैं ईमानदार बनो और स्वयं प्रथम दर्जे के बेईमान हैं। जो अध्यापकों से तो आशा रखते हैं कि भूखे रहकर देश के बच्चों को शिक्षा दें, ताकि वे बड़े होकर असंगत ढंग से धन समेटें। मुझे इस शासन-प्रणाली से ही घृणा है। ये नेता, ये मिनिस्टर चाहते हैं कि स्कूल अध्यापक भूखों मरें। आधा

पेट खाएं। तन न ढांपें। टैरालीन, रेशम, मखमल केवल इनकी जागीर है। अध्यापक मानव नहीं। इनके अन्दर इच्छाएं, अभिलाषाएं जन्म नहीं लेती हैं। अरमान नहीं उभरते। आकांक्षाएं मर चुकी हैं। यह फ्राड कब तक चल सकता है? अध्यापक कब तक मूर्ख बन सकते हैं?'

'ओह गॉड!' डौली ने कहा और गिलास उठाकर मुंह को लगाया और आधा खाली कर दिया।

'आपने गिलास आधा क्यों खाली किया?'

'मिस्टर पूरन, मैं बिलकुल नहीं पीती। मैं तो केवल साथ दे रही हूं।'

'तो मैं एक पैग आगे हूं।'

'मैं बस यही खाली कर पाऊंगी।'

'मैंने कहा था कि व्हिस्की की कमी नहीं। मैं आदर्शवादी अध्यापक नहीं हूं। मैं व्हिस्की पीने वाला टीचर हूं।'

'खैर! आप व्हिस्की पीने वाले टीचर हैं या नहीं, लेकिन एक बात स्पष्ट है।'

'क्या?'

'आपको इस राजनीति, इस समाज और इसकी शासन-प्रणाली से घृणा है।' डौली ने मुस्कराकर कहा।

'घृणा नहीं, मिस डौली, यह शासन-प्रणाली काटती है! और जो वस्तु काटती हो मैं उससे चिढ़ता हूं। परिस्थिति ने यही सिखाया है। 'सहानुभूति' और 'दया' प्रकार के शब्द मेरे जीवन में कोई स्थान नहीं रखते।' पूरन ने कहा और गिलास खाली कर दिया।

'खैर! मुझमें और आपमें यह बात कॉमन है। मुझे भी इस शासन-प्रणाली और ऐसे वातावरण से चिढ़ है। घृणा घृणा को जन्म देती है। और जानते हैं आप कि समाज ने मेरी मां से इतनी घृणा की कि उसे धर्म बदलना पड़ा।'

'प्रतिशोध! तो तुम भी प्रतिशोध की ज्वाला में जल रही हो?'

'हां।'

'फिर हम सर्वोत्तम मित्र बन सकते हैं।'

'अवश्य।'

'तो इस मित्रता पर एक-एक जाम हो जाए। अपना गिलास खाली कर दो।'

'बेहतर।' कहकर डौली ने गिलास मुंह से लगाया और खाली कर दिया।

पूरन खाली गिलासों में व्हिस्की ढालने लगा। डौली का तीसरा पैग था। वह शराब न पीती थी, केवल साथ दे रही थी। और पूरन जान चुका था कि डौली बला की पीने वाली है। और यह अद्धा कम रहेगा। उसे अधिक शराब मंगानी पड़ेगी। और शराब की कमी न थी।

'इस प्रतिशोध की ज्वाला के नाम!' पूरन ने गिलास उठाकर कहा।

'प्रतिशोध की ज्वाला के नाम!' डौली ने गिलास टकराया।

दोनों ने एक-एक घूंट लिया। उनपर नशा छाना शुरू हो गया था।

'डौली! तुम आराम से बैठो। अब कोई जल्दी नहीं।'

'मैं आराम से हूं।'

'लेकिन इस मौसम में तुमने कितना लिबास पहन रखा है?'

'लिबास? लेकिन मेरे शरीर पर केवल साड़ी और ब्लाउज़ है।'

'और पेटीकोट?'

'हां, पेटीकोट भी।'

'मैं तो कमीज़ उतारने लगा हूं। बनियान पहनकर शराब पीने का मज़ा ही और है।' कहकर पूरन कमीज़ उतारने लगा। 'तुम भी हल्की

हो सकती हो। पेटीकोट और ब्लाउज़ में हल्का अनुभव करोगी।'

'लेकिन वह तुम्हारा मित्र?'

'वह व्यस्त है।' कहकर पूरन चिल्लाया, 'वर्मा!'

'कहो!' वर्मा की दूसरे कमरे से आवाज़ आई।

'अरे, वहां क्या कर रहे हो? यहां आओ।'

वर्मा भीतर आ गया।

'डौली से मिलो। ये मिस्टर वर्मा हैं।'

'नमस्ते।' डौली ने हाथ जोड़ दिए।

'नमस्ते।' वर्मा ने कहा।

'वर्मा, आओ अब साथ दे दो।'

'थोड़ी देर और। मैं उस पाजी की पन्द्रह मिनट और प्रतीक्षा करना चाहता हूं। तुम जानते हो कि व्हिस्की पीने के उपरान्त मैं बिज़नेस नहीं करता।'

'अब वह पाजी क्या आएगा! कितने बजे आने के लिए कहा था?'

'साढ़े छः।'

"अब साढ़े सात बजे हैं। अब क्या आएगा! लाओ अपना गिलास, और चपरासी से कहो कि एक अद्धा और ले आए।' कहकर पूरन ने जेब से नोट निकाले।

'मैं व्हिस्की के लिए चपरासी को भेज देता हूं।' वर्मा ने नोट थामते हुए कहा, 'लेकिन दस मिनट और प्रतीक्षा कर लूं। फिर साथ दूंगा।'

'बेहतर।'

'तुमने आज अभी से कमीज़ उतार दी!' वर्मा ने मुस्कराकर कहा।

'मैं तो मिस डौली से भी कह रहा था कि अधिक कपड़े पहनकर व्हिस्की पीने का आनंद नहीं आता। डौली यदि साड़ी उतार दे तो अधिक आराम अनुभव करेगी।' पूरन ने कहा।

'निश्चय ही।' वर्मा ने कहा, "अच्छा तुम प्रोग्राम जारी रखो।" कहकर वह दूसरे कमरे में चला गया।

'और व्हिस्की की क्या आवश्यकता थी?'

'मिस डौली, अभी तो संध्या भी नहीं उतरी। इस अद्धे से क्या बनेगा!'

'लेकिन मैं तो अधिक नहीं पीती। केवल साथ दे रही हूं।'

'तुम इसी प्रकार साथ देती जाओ।'

डौली मुस्करा दी।

'मुस्करा क्यों दी?'

'मेरा विचार है, यह स्थान काफी प्रसिद्ध है।'

'प्रसिद्ध भी, और बदनाम भी।'

'बदनाम भी?' डौली चौंकी।

'उस दृष्टिकोण से नहीं। यहां पुलिस ने कभी छापा नहीं मारा। लेकिन यहां लड़कियों की चहल-पहल कुछ आवश्यकता से अधिक ही रही है।'

'कैसी लड़कियां?'

'अधिकांश तो स्कूलों की अध्यापिकाएं होती हैं।'

'स्कूलों की अध्यापिकाएं!'

'हां। इसमें आश्चर्य की क्या बात है?'

'आश्चर्य इस बात पर है कि एक समय था कि नर्सें बदनाम थीं। फिर दफ्तरों में काम करने वाली लड़कियां बदनाम हुईं, और आज मैं सुन रही हूं कि स्कूल की अध्यापिकाएं भी यह धन्धा अपना चुकी हैं।'

‘अपना चुकी हैं? मेरा विचार है, भगवान झूठ न बुलवाए, और मैं बात बढ़ाकर नहीं कर रहा हूं—यहां दो सौ से अधिक स्कूल अध्यापिकाएं आ चुकी हैं।’

‘ओह! और वे सब साड़ी उतारकर व्हिस्की पीती हैं!’

‘कुछ तो लिबास से घृणा करती हैं।’ पूरन ने हंसकर कहा।

‘ओह!’

‘हां तो तुम्हारे भाई की प्राबलम क्या है?’

‘क्या मैंने नहीं कहा था कि मेरी मां को धर्म बदलना पड़ा था?’

‘घृणा...’

‘जेम्स को भी केवल घृणा मिली है, प्रेम नहीं।’

‘ओह!’

‘इसीलिए वह शिक्षा पर ध्यान नहीं देता।’

‘अब यह मेरी चिंता है।’

‘मैं तो डरती हूं कि वह इस बार भी पास न होगा।’

‘अब भूल जाओ। वह हर वर्ष पास होगा। केवल तुम मिलना बन्द न कर देना।’

‘मैं तो मिलती रहूंगी।’

‘तो वह भी पास होता रहेगा।’

‘लेकिन बोर्ड में कैसे पास होगा?’ डौली ने प्रश्न किया।

‘इसकी चिंता भी न करो। तुम बोर्ड के लिए कह रही हो, इस शहर में लोग बी० ए० भी पास हो जाते हैं—और वे लोग, जो दस वर्ष में पास नहीं हो सके! करप्शन तो देश का धर्म है।’

‘मैं समझती थी कि केवल अस्पतालों में ही करप्शन है। वहां दवाइयों की जगह पानी मिलता है। और दवाइयां बाज़ार में बिक जाती हैं।’ डौली ने कहा।

"और हमारे यहां हायर सैकंडरी के सर्टीफिकेट और बी० ए० की डिग्रियां बिकती हैं।'

'इस आश्वासन के उपरान्त तो मैं स्वयं को हर परेशानी से दूर अनुभव कर रही हूं। बेहतर है कि मैं साड़ी उतारकर व्हिस्की पीऊं।' कहकर वह साड़ी उतारने लगी।

4

रात्रि को जब पूरन घर में प्रविष्ट हुआ तो सभी खाना खा चुके थे और सोने की तैयारी कर रहे थे।

लेकिन नींद सबकी गायब थी।

"रमा की मां!" गोपालदास पिंजरे में बंद शेर की भांति चहलकदमी कर रहा था।

"जी।" मां ने धीरे से कहा।

"आज इस बात का फैसला होकर रहेगा।"

"किस बात का?"

"पूरन का। मैं अब सहन नहीं कर सकता। वह प्रतिदिन दस-ग्यारह बजे घर लौटता है।"

"ट्यूशन जो पढ़ाता है।"

"ट्यूशन नहीं, रमा की मां, उसने शराब पीनी शुरू कर दी है।"

"शराब! राम, राम!"

"अब तुम मां बनकर इसकी हरकतों पर पर्दा मत डालो। बनने की चेष्टा न करो। अब तुम इसकी करतूतों पर पर्दा नहीं डाल सकतीं। आज वह आए तो देखो मैं क्या करता हूं!"

"जवान बेटा है।"

"जवानी का मतलब यह नहीं कि खानदान का नाम डुबो दे।

वह एक स्कूल शिक्षक है। लेकिन किस किस्म का? चरस के सिगरेट, तम्बाकू के पान, शराब...क्या इस प्रकार के स्कूल टीचर होते हैं? पौने पांच सौ रुपये मासिक वेतन मिलता है। यदि ट्यूशन पढ़ाता है तो उसके भी दो-चार सौ कमाता होगा। लेकिन यह सब रुपया कहां जाता है? घर का सारा खर्च मेरी आय में चलता है। और यह लाटसाहब सारा रुपया शराब पर खर्च कर रहा है। और न मालूम कौन-कौन-सी बुराइयां हैं!" गोपालदास क्रोध से पागल हो रहा था। "घर में जवान बहिन है। दूसरी तेरह वर्ष की है। इनका विवाह करना है। और पूरन को होश ही नहीं।"

"आप समझा दीजिएगा।"

"दो वर्ष से समझा रहा हूं।"

"फिर भी।"

"फिर भी क्या! आखिर मैं भी स्कूल टीचर हूं। क्या मेरा जीवन यह था? मैंने तुम्हें सुख नहीं दिया? संतान को पढ़ाया-लिखाया, पाला-पोसा। और अभी कितने उत्तरदायित्व हैं..."

"वह सब ठीक है। जवान बेटे को समझाना ही बेहतर होता है।" मां ने कहा।

"तो मैं जानता हूं नालायक बच्चों को किस प्रकार समझाया जाता है। मैंने बड़े-बड़े नालायक बच्चों को सीधा कर डाला है।"

दूसरे कमरे में सुषमा, राज और रमा बैठे थे।

"आज भैया की कुशल नहीं।" राज ने कहा।

"बाबूजी बहुत क्रोध में हैं।" सुषमा ने कहा।

"ऐसा न हो कि उसे पीट डालें।" राज ने कहा।

"फिर तो बात बिगड़ जाएगी।"

"क्या बिगड़ जाएगी?"

"वह घर छोड़ देगा।"

"छोड़ दे! ऐसे नालायक का घर छोड़ना ही बेहतर है।"

"न मालूम इस घर का क्या बनेगा!" रमा ने अपनी बुद्धि के अनुसार कहा।

"राज, सुना है तुम भी स्कूल से गायब हो जाते हो?"

"किसने कहा है?"

"कृष्ण ने।"

"बकता है!" राज चिल्लाया।

"बकता नहीं, ठीक कहता है।" रमा ने कहा।

"अब तुम दोनों न उलझो। जो मुसीबत आने वाली है, उसपर ध्यान दो। ऐसा न हो कि पूरन भैया का क्रोध हमपर उतार दिया जाए।" सुषमा ने समझाया।

"लेकिन मैं स्कूल से गायब कहां होता हूं? रमा ने झूठ क्यों कहा है? यदि बाबूजी सुन लें तो अकारण मेरी शामत आ जाए। भला ऐसा आरोप लगाने से पहले रमा को सोचना नहीं चाहिए था?" राज चिल्लाया।

"धीरे बोलो।" सुषमा ने डांटा। "और रमा, तुम भी मुंह को लगाम दो।"

"तुम मुझे डांट रही हो। कभी अपने बारे में भी सोचा है?" रमा ने बहिन से कहा।

"क्या सोचा है?"

"तुम जो करती हो, यदि इसका बाबूजी को पता चल गया तो तुम्हारी भी चमड़ी उधेड़कर रख देंगे।"

"रमा!" सुषमा ने ऊंचे स्वर में कहा, "तेरी ज़ुबान गज़-भर की हो गई है।"

"लेकिन तुम मुझे डांट रही हो!"

"और तुम चुगली लगाना जानती हो! लज्जा नहीं आती?"

सुषमा घबरा गई थी। वह स्वयं एक लड़के से प्रेम करती थी और उसे मिलने जाती थी। और संग में रमा को ले जाती थी। इसलिए रमा उसका भेद जानती थी। रमा ने इसी प्रेम की धमकी दी थी।

"तो मैं चुगलखोर हूं?" रमा बिफरी।

"नहीं, नहीं! भगवान के लिए अब ज़ुबान बन्द कर दो। मैं कह रही हूं कि बाबूजी क्रोध में हैं। और तुम्हें ऐसी बातें करने का यही अवसर मिला है! चल अपने स्कूल का काम कर।"

"लेकिन राज ने मुझे क्यों डांटा? मैंने तो सच्ची बात कही थी।" रमा ने गिला किया।

"अब सच-झूठ को रहने दे। फिर किसी समय दिल की भड़ास निकाल लेना।" कहकर सुषमा कमरे से निकल गई।

"तो तुम मेरी शिकायत करोगी?" राज ने धीरे से कहा।

"भैया ने शराब पीनी शुरू कर दी है। हर रोज़ शराब पीकर घर आते हैं। इन्हें घर की चिंता नहीं। बाबूजी बूढ़े हो गए हैं। और मां कैंसर की रोगी है। तुम भी स्कूल से गायब होने लगे तो इस घर का क्या बनेगा!"

"रमा, तुम विश्वास क्यों नहीं करती हो! कृष्ण झूठ बकता है"

"अच्छा, झूठ ही सही। फिर सच क्या है?"

"रमा, आपस की फूट से घर का सर्वनाश हो जाएगा। मैं केवल एक दिन स्कूल से भागा था।"

"कहां गए थे?"

"सिनेमा देखने।"

"पैसे कहां से लिए?"

"मां ने दिए थे।"

"झूठ! तुमने मेरे पैसे चोरी किए थे।"

यह सच था, लेकिन राज स्वीकार करने को तैयार न था। "मैंने तुम्हारे पैसे नहीं उठाए।"

"तुम अब भी मानने को तैयार नहीं। उस दिन गिनकर मैंने अठारह रुपये डाले थे। और उसमें से चार रुपये गायब हो गए।"

उनकी बहस अधूरी रह गई। पूरन आ गया था।

"आ गए साहबज़ादे?" गोपालदास की आवाज़ गरजी।

"जी।"

"कहां से आ रहे हो?"

"ट्यूशन पढ़ाकर।"

"तनिक इधर आना।"

पूरन पहले हिचकिचाया। वह पिता के पास न जाना चाहता था।

"सुना नहीं?"

पूरन आज्ञा का उल्लंघन न कर सका।

पिता ने पूरन के मुंह के पास अपना मुंह किया और सूंघा।

"यह किस चीज़ की बू है?"

"पान की है।"

"पान की?" गोपालदास गरजा, "झूठ बोलते लाज नहीं आती!"

पूरन निरुत्तर रहा।

"तो तुमने आज फिर शराब पी! और दो वर्ष से बिना नागा पीकर घर आते हो!"

पूरन चुप रहा।

"उत्तर दो। मैं कुत्ता नहीं, जो भौंक रहा हूं।"

"मेरे पास कोई उत्तर नहीं।"

"तो मेरे पास है!" कहकर गोपालदास ने पूरे वेग से पूरन को थप्पड़ रसीद कर दिया। पूरन जवान था, लेकिन गोपालदास का हाथ मज़बूत और भारी था इसलिए वह चकरा गया।

"तो यह है आपका जवाब?"

"नहीं, यह है!" कहकर गोपालदास ने दूसरा थप्पड़ रसीद किया।

"सुनिए, सुनिए! आप क्या कर रहे हैं?" मां ने चारपाई से उठने की कोशिश की।

"रमा की मां, चुप रहो। मैं जानता हूं कि मैं क्या कर रहा हूं। घर में जवान बहिन है ब्याहने योग्य, और इसे नौकर हुए कितने वर्ष हो गए हैं। इन वर्षों में इसने घर में क्या दिया है?...तुम्हारा वेतन कहां जाता है? ट्यूशन पढ़ाते हो तो वह रुपया कहां जाता है?"

पूरन फिर भी चुप रहा।

"अब चुप क्यों हो? बोलते क्यों नहीं?"

"तो आप जवाब चाहते हैं!" पूरन ने ज़ुबान खोली।

"हां, हां।"

"मेरे पास कोई जवाब नहीं, यह मेरा जवाब है।"

"तो यह है तुम्हारा जवाब!" गोपालदास क्रोध में आपे से बाहर हो रहा था। उसने आगे बढ़कर डंडा उठा लिया।

"रमा के बाबूजी, आप क्या कर रहे हैं! जवान बेटे से इस प्रकार बात नहीं करते।"

"मैंने बड़े-बड़े नालायक बच्चों को सीधा किया है। मैं जानता हूं ऐसे लोगों का इलाज डंडा है!" कहकर उन्होंने डंडा मारा।

लेकिन डंडा पूरन के हाथ में आ गया। उसने वार रोक लिया था। "बाबूजी, आप भूल रहे हैं कि मैं अब तीसरी श्रेणी का छात्र नहीं। मैं

आपसे अधिक शक्तिशाली हूं। आप बच्चे पढ़ाते हैं तो मैं भी बच्चे पढ़ाता हूं।" कहकर उसने झटका दिया और डंडा उसके हाथ में था।

सुषमा, राज और रमा दरवाज़े में सहमे खड़े थे।

"तुम्हारी यह मज़ाल!"

"बाबूजी! बहुत हो चुकी। आपने थप्पड़ मारे, मैं चुप रहा। आपने डंडा मारा, मैं चुप रहा। यदि आपने अब कोई हरकत की, तो याद रखिए मैं जवाब देने में संकोच न करूंगा।"

"क्या कहा?" गोपालदास क्रोध से कांप रहा था।

"पूरन! बेटा पूरन! यह तू क्या कह रहा है?" मां ने कहा और साथ ही उसकी खांसी छिड़ गई।

"माताजी, आप चुप रहें। मैं अब बच्चा नहीं जो मुझे इस तरह पीटा जा सकता है।"

"लेकिन बेटा—" मां ने कुछ कहना चाहा, लेकिन बात खांसी तले दब गई।

गोपालदास को जीवन में प्रथम बार विद्रोह से सामना करना पड़ा था, और इस विद्रोह में उसने मुंह की खाई थी। उसके वहम में भी न था कि पूरन इस हद तक विद्रोही हो जाएगा। वह क्रोध से कांप रहा था। डंडा अब उसके हाथ में न था। थप्पड़ मारने की अब जुर्रत न रही थी।

"यदि तुम अपनी आदतें नहीं बदल सकते तो इस घर से निकल जाओ!" उसने एक हारे हुए व्यक्ति की भांति थकी हुई धमकी दी।

"जी नहीं, मैं इस घर से नहीं निकल सकता। इस घर पर मेरा उतना ही अधिकार है जितना आपका।" पूरन ने प्रत्युत्तर दिया।

अब गोपालदास के लिए लड़ाई का कोई हथियार न बचा था। बहिनें और भाई, जो सहमे खड़े थे, अब सहमे हुए न थे। आज तक पिता का

जो रोब और आतंक उनके मस्तिष्कों पर अंकित था वह मिट गया था।

"तुम समझते हो कि मैं एक शराबी को इस घर में रहने दूंगा, जहां जवान लड़कियां हैं!"

"आप कुछ भी नहीं कर सकते।" पूरन ने लापरवाही से कहा।

लड़ाई समाप्त हो गई थी। इसलिए उसने डंडा लापरवाही से एक कोने में फेंक दिया।

"मैं पुलिस को बुलाऊंगा। बिरादरी इकट्ठी करूंगा।"

"आपके जी में जो आए, करें। पुलिस और बिरादरी का भय मुझे डरा नहीं सकता।"

"पूरन बेटा!" मां की आवाज़ फिर उभरी।

"तो इस सन्तान को तुमने अपनी कोख से जन्म दिया है?" गोपालदास पत्नी से सम्बोधित हो उठा।

"सन्तान का इसमें क्या दोष है! आप परिस्थिति से आंख मिलाना नहीं चाहते। आप समझते हैं कि मैं सात-आठ वर्ष का बच्चा हूं। मैं अब बच्चा नहीं। अपना उत्तरदायित्व समझता हूं; और क्या कर रहा हूं, इससे भली प्रकार परिचित हूं। आप मेरा आदर नहीं करेंगे तो मैं भी आपको सम्मान की दृष्टि से नहीं देखूंगा। आज पहली बार जो तमाशा हुआ है उसे अन्तिम बार समझिए।"

"तुम इस समय शराब के नशे में हो। यह तुम नहीं बोल रहे हो, शराब बोल रही है।"

"आप जो जी में आए, कह सकते हैं—लेकिन मैं आपको हाथ उठाने की आज्ञा नहीं दे सकता।"

गोपालदास के आदर्शों की तो मौत हो गई थी। उसका अपना बेटा इस प्रकार का सिद्ध होगा यह उसके वहम में भी न था। वह इस हार को आसानी से स्वीकार करने को तैयार न हो सकता था।

"रमा की मां! यह सब तुम्हारी वजह से है। तुमने आंखें मूंद रखी हैं। और आज देख लिया कि बेटा कितना योग्य सिद्ध हुआ है! मैं तो कहता हूं यह मेरा खून ही नहीं है!"

"ऐसी बात न कहिए।" मां ने क्षीण स्वर में विरोध करते हुए कहा।

"मैं इस नालायक का मुंह नहीं देखना चाहता। यदि यह इस घर से न गया तो मैं चला जाऊंगा।"

"बड़े शौक से!" पूरन ने कहा।

"पूरन, ज़ुबान बन्द कर। बहुत हो गई।" मां ने डांटा।

"मां, मुझे नहीं, बाबूजी को समझाओ।" कहकर पूरन दूसरे कमरे में चला गया।

बच्चे तेज़ी से अपनी-अपनी जगह चले गए। पूरन ने उनको देखा, लेकिन कोई न बोला।

दस मिनट बाद पूरन अपनी चारपाई पर खर्राटे ले रहा था।

इधर दूसरे कमरे में गोपालदास की नींद हराम हो गई थी। उसका क्रोध अभी तक शान्त न हुआ था। वह अभी तक अपनी पराजय को स्वीकार न कर सका था। वह एक घायल शेर की भांति कमरे में टहल रहा था। मां उसी प्रकार चारपाई पर आधी बैठी और आधी लेटी हुई थी।

बच्चे भी एक-एक करके सो गए, लेकिन गोपालदास को नींद न आ रही थी; और शमी इसीके कारण जाग रही थी।

"क्या समय आ गया है! इस दिन के लिए मैंने इसे पाला-पोसा था, शिक्षा दी थी! यह मेरे बुढ़ापे की लाठी बनेगा! जवान बहिनों के हाथ पीले करेगा!" गोपालदास बड़बड़ाए जा रहा था। वह प्रकट में किसीसे सम्बोधित न था, लेकिन वह शमी को सुना रहा था।

"अब आप भी लेट जाइए। कब तक इसी प्रकार परेशान होते रहेंगे!"

"परेशान! मेरा तो जीवन का अस्तित्व ही खत्म हो गया। मेरे तो सपने ही टूट गए। सारी आशाएं धूल में मिल गई।"

"आप घबराइए नहीं। उसने जो कहा और किया है वह शराब के नशे में हुआ है। सुबह उठेगा तो देख लेना, वह आपके पांव पकड़ेगा।"

"पांव पकड़ेगा!" गोपालदास बड़बड़ाया, "उसके पांव पकड़ने से जैसे मेरी आशाएं पनप उठेंगी!"

"हां, देख लीजिएगा। सुबह ही आपके पांव पकड़ेगा।" पत्नी ने पति को कमज़ोर पाकर कहा।

"लेकिन मैं इस अपमान को कैसे भूल सकता हूं?"

"रमा के बाबूजी! ज़माना बदल गया है। दुनिया बदल गई है। अब जवान संतान को इस प्रकार थप्पड़ों और डंडों से समझाया नहीं जा सकता।" मां ने कहा।

"तू उसका पक्षपात कर रही है?"

"जी नहीं।"

"फिर?"

"मैं तो कह रही हूं कि जो बात प्रेम और ज़ुबान से सिखाई जा सकती है उसके लिए डंडे की आवश्यकता नहीं।"

"मैं तो कहता हूं, ऐसी संतान से निःसंतान अच्छे।"

"वह ठीक है। उसने जो कुछ किया गलत किया। इसीलिए मैं कहती हूं कि जब सुबह होश आएगा तो आपके पांव पकड़ेगा।" मां ने ढाढ़स बंधाया।

"बाकी बच्चों पर क्या प्रभाव पड़ेगा?"

"मैं उसे समझा दूंगी।"

"इसका मतलब है, मेरी आवश्यकता नहीं रही!"

"नहीं, नहीं। मैं ऐसा नहीं कहती। हमारा ज़माना और था। आज्ञापालन हमारा धर्म था ; लेकिन अब समय बदल गया है।"

"ऐसे ज़माने को आग लगे!"

"जी हां।" मां जानती थी कि बहस से कुछ प्राप्त न होगा।

5

अगले दिन जैसा मां ने कहा था वैसा न हुआ। पूरन ने लज्जा या ग्लानि का कोई प्रदर्शन न किया। सुबह वह जागा तो गोपालदास स्कूल जा चुका था, क्योंकि वह ऐसे स्कूल में शिक्षा देता था जो दो शिफ्टों में चलता था। पहली शिफ्ट प्रातः सात से साढ़े बारह तक होती थी और दूसरी एक बजे से साढ़े पांच बजे तक।

पूरन जिस स्कूल में पढ़ाता था, वहां केवल एक शिफ्ट थी। गर्मियों में सवा आठ से दो बजे तक और सर्दियों में दस से चार बजे तक।

इसलिए पिता और पुत्र का आमना-सामना न हुआ। पिता स्कूल जा चुका था, बच्चे भी स्कूल चले गए थे, जब पूरन सोकर उठा।

मां ने सुबह की चाय का प्याला रखते हुए कहा, "बेटा, रात तुमने ठीक नहीं किया।"

"क्या मां?"

"क्या तुझे याद नहीं?"

"वह बाबूजी की बात?"

"हां।"

"मां, मैंने जो कुछ किया, ठीक किया। बाबूजी पुराने दकियानूसी विचारों के आदमी हैं, और मैं समय के साथ चलने वाला हूं। उन्हें मेरी बातें पसन्द नहीं, और मुझे उनकी बातें पसन्द नहीं। यदि वह एक बार यह बात समझ लें तो फिर झगड़े की नौबत ही क्यों आए?"

"लेकिन वह पिता हैं।"

"वह ठीक है, लेकिन मैं भी स्कूल में पढ़ने वाला बच्चा नहीं।"

"मैं मानती हूं, लेकिन उत्तरदायित्व तो तुम्हारे कंधे पर भी है। सुषमा अब बड़ी हो गई है। एक-दो साल के भीतर उसके हाथ पीले करने हैं। और इस बीच रमा भी विवाह योग्य हो जाएगी। और सुषमा के विवाह से पहले तुम्हारा विवाह होगा।"

"मां, मेरे विवाह की चिंता न करो।"

"मैं न करूंगी तो और कौन करेगा?"

"वह मेरी चिंता है।"

"क्या मतलब? क्या मां अपने बेटे के माथे पर सेहरा देखना नहीं चाहती? क्या वह उसे घोड़ी पर सवार देखना नहीं चाहती?"

"अवश्य चाहती है।"

"फिर?"

"लेकिन मेरा विवाह ऐसा न होगा। कोई सेहरा न होगा, कोई घोड़ी न होगी, और न ही कोई बारात होगी।"

"यह तू क्या बक रहा है?"

"मैं बक नहीं रहा हूं। तुम समझ नहीं रही हो।"

"तो समझा दो।"

"मां, मेरा विवाह और ढंग से होगा।"

"क्या तूने लड़की देख ली है?"

"हां, मां!"

"तो मुझे कब दिखाएगा?"

"जब तुम कहो।"

"क्या हमारी जाति की है? और वह भी घोड़ी, सेहरे, बारात के बिना विवाह करने को राज़ी है?"

"मां! यह तुम जाति-पांति के चक्कर में कब से फंस गई हो? मैं पहली बार तुम्हारे मुंह से ये शब्द सुन रहा हूं। क्या तुम्हारा विवाह जाति-पांति के बन्धन पूरे करके हुआ था? या..."

"ओह! तो तुम सचमुच अब जवान हो गए हो।" मां ने गहरी सांस लेकर कहा।

"मां! मैं तुम्हारा दिल नहीं दुखा रहा हूं, न ही मैंने कोई ताना दिया है।"

"फिर क्या किया है?"

"सत्य बताया है।"

"कौन-सा सत्य?"

"जब तुम्हारा विवाह जाति-पांति के बंधन तोड़कर हुआ था, तो फिर तुम इन दकियानूसी बातों पर विश्वास क्यों करती हो? यदि मैं अपनी पसन्द से विवाह कर लूं, तो तुम्हें आपत्ति क्यों?"

"मुझे कोई आपत्ति नहीं।" मां को स्वीकार करना पड़ा, या उसने मात खाई थी।

"मैं जानता था। बाबूजी की बात और है। वह दूसरी जाति में विवाह करके भी रूढ़िवादी रहे और खामखाह आदर्शवादी व्यक्ति बनने की चेष्टा करते रहे। उनके आदर्शों ने भूख, तंगी और गरीबी के सिवा हमें कुछ नहीं दिया।"

"खैर, तो तुम बाबूजी को बीच में न लाओ। उन्होंने जो कुछ किया है वह साधारण मनुष्य नहीं कर सकता। और तुमको भी यदि इस परीक्षा से गुज़रना पड़े तो गुज़र न सकोगे।"

"यह सब बकवास है। उन्होंने कोई बलिदान नहीं किया। हां, तुमने बहुत बड़ा बलिदान दिया है।"

"चलो ऐसा ही सही ; लेकिन तुम्हारे बाबूजी मुझे यदि बीच मंझधार में छोड़ देते तो मेरा क्या होता? जवानी में बहुत-से लोगों ने इंकलाबी कदम उठाए हैं, लेकिन दो-चार वर्ष में वह सारा नशा हिरन हो गया। मगर यह तुम्हारे बाबूजी ही थे जिन्होंने सारी उम्र निभाई है। गृहस्थी बनाई। दुनिया की सौ-सौ बातें सुनी और मुझे इस घर में रखा। और आज मैं एक सफल पत्नी, अच्छी मां ही नहीं हूं, बल्कि योग्य गृहस्थिन भी हूं। यह सब उनके ऊंचे आदर्शों के कारण है।" मां ने कहा।

"मां! यह तुम्हारी भूल है। तुम्हारी अनथक सेवा, मधुर वाणी और अच्छे व्यवहार, ऊंचे विचार और नेक आदतों ने तुम्हें इस समाज में जगह दी है।"

मां को जीवन में पहली बार अनुभूति हुई कि अन्य धर्म में विवाह करने से संतान पर क्या प्रभाव पड़ता है। माता-पिता संतान को मनमानी करने से रोक नहीं सकते। वे कितने विवश और लाचार हो जाते हैं!

"कौन लड़की है?"

"है एक।"

"क्या मुझे बताओगे नहीं?"

"क्यों नहीं मां! मैं कोई चोरी-छुपे विवाह नहीं कर रहा हूं। उसका नाम डौली है और वह नर्स है।"

"डौली? क्या ईसाई है?"

"हां।"

"फिर तो गिरजा में विवाह होगा!"

"नहीं!"

"फिर?"

"कचहरी में। धर्म के झगड़ों और रिवाजों से दूर हम सिविल मैरिज करेंगे।"

"उसके माता-पिता सहमत हैं?"

"उसके माता-पिता नहीं हैं। वह आत्मनिर्भर है। घर में सबसे बड़ी है। केवल एक छोटा भाई है, जो मेरे स्कूल में पढ़ता है।"

"नर्स?"

"हां मां, नर्स। जो तुम्हारी बहू बनकर तुम्हारी सेवा करेगी। उसके अस्पताल के बड़े-बड़े डाक्टर तुम्हारी चिकित्सा करेंगे।"

"मेरी चिकित्सा?" मां ने दीर्घ निःश्वास लिया।

"मेरा रोग, मेरे बेटे, लाइलाज है। इसका कोई इलाज नहीं। केवल समय की बात है। मेरी मृत्यु को कुछ समय के लिए टाला तो जा सकता है, लेकिन रोका नहीं जा सकता।"

"मां! ऐसी बातें न करो। अब कैंसर का भी इलाज हो सकता है। केवल दृढ़ संकल्प की आवश्यकता है। और मैं जानता हूं, तुम्हारे अन्दर दृढ़ संकल्प कितना अधिक है।"

"तो तुमने फैसला कर लिया है?"

"बिलकुल।"

"कब से मिल रहे हो?"

"लगभग आठ मास से।"

"और तू आज बता रहा है!"

"मां, तुमने आज ही तो पूछा है।"

"हां, यह भी ठीक है।...क्या उम्र है उसकी?"

"कहती तो वह चौबीस वर्ष है, लेकिन मुझसे तीन-चार वर्ष आयु में बड़ी है। परन्तु इससे क्या अन्तर पड़ता है!"

"अन्तर तो पड़ता है। लेकिन तुमने जब फैसला कर लिया है तो फिर मैं क्या कह सकती हूं!"

"तुम बहुत अच्छा हो। बाबूजी को समझा देना। कहीं वह मेरे विवाह में ऊंचे आदर्शों की टांग न अड़ा दें।"

"उन्हें तो समझा लूंगी, लेकिन बेटा, सुषमा का क्या होगा?"

"मां, तुम सुषमा के विवाह की तैयारी करो। मैं इतना मूर्ख नहीं जितना बाबूजी समझते हैं। मेरा बैंक में आठ हज़ार रुपया है। तुम जब चाहो, मैं पांच हज़ार रुपया दे सकता हूं।"

"ओ मेरे बेटे! तुमने यह अब तक छुपाकर क्यों रखा? यह सुनकर तो मेरी आधी बीमारी दूर हो गई।"

"और बाकी आधी डौली अपनी तीमारदारी से दूर कर देगी। वह भी तीन सौ रुपये मासिक कमा रही है।"

"खैर, वह हमारी सहायता करती है या नहीं, लेकिन मुझे तुमपर पूरा विश्वास है।"

"आखिर मैं तुम्हारा बेटा हूं।"

"मैं जानती थी कि तुम मुझे कभी निराश न करोगे।"

"जब तक मैं जीवित हूं...।"

"भगवान तुम्हें सौ वर्ष की आयु दे।"

"इतनी लम्बी आयु लेकर क्या करूंगा!" कहकर पूरन हंस दिया। "अच्छा, अब मैं जाने की तैयारी करता हूं।"

पूरन काम पर चला गया और मां की प्रसन्नता का पारावार न था। अब भला पूरन का शराब पीना क्या महत्त्व रखता था। अब वह व्यसन न था। उसने आठ हज़ार रुपया बैंक में जम कर रखा था और वह बहिन के विवाह पर पांच हजार रुपया देने को तैयार था। उसकी कितनी बड़ी

चिंता दूर हो गई थी।

लेकिन सुषमा अपनी जगह जवान हो चुकी थी। उस रात रमा ने क्रोध में कहा था कि वह उसके बारे में मां से कह देगी। और सुषमा ने उसे डांट दिया था।

रमा उसकी हमराज़ थी।

रमा स्कूल से आई और उसने कपड़े सीने की मशीन संभाल ली।

"रमा बेटी! कुछ खा तो लिया होता।" मां ने कहा।

"मां, भूख नहीं है। फिर यह काम आवश्यक है। आज मैं दो दर्जन गद्दियां तैयार करना चाहती हूं।"

"दो दर्जन! तू अपनी जान दे देगी।"

"ओ मां! क्या कह रही हो! मेहनत से जी नहीं चुराना चाहिए। फिर मैं मेहनत कर सकती हूं।" रमा ने कहा।

"दो दर्जन गद्दियां तैयार होते-होते शाम के छः बज जाएंगे। फिर तो 'होम टास्क' शुरू कर देगी। बेटी, तू यह काम डेढ़ वर्ष से कर रही है। बच्चों को इतना काम नहीं करना चाहिए।"

"लेकिन मां, मैं थकती नहीं। स्कूल का काम भी हो जाता है। मैं पढ़ाई में किसीसे पीछे नहीं।"

"मैं जानती हूं; लेकिन इतनी नन्ही-सी जान को इतना काम करते देखकर मेरा दिल डूबने लगता है।"

"मां, तुम नाहक परेशान होती हो। अच्छा, अब मुझे काम करने दो। दो दर्जन गद्दियां तैयार करनी हैं। और आज छः रुपये से कम की मज़दूरी नहीं करनी है।"

"पैसे जोड़कर क्या करती है तू?"

"कपड़े बनाती हूं। फिर मां, मैं सिलाई का कोर्स करना चाहती हूं। इसकी फीस पचहत्तर रुपये है। मैं वह रकम स्वयं कमाकर जमा करना चाहती हूं।

जब सिलाई का कोर्स करूंगी तो गद्दियां सीना बन्द कर दूंगी। बच्चों के फ्राक और छोटे लड़कों की बुश्शर्ट और निकरें सीने से अच्छी आय हो जाएगी।"

"तू घर में सबसे छोटी है और सबसे अधिक मेहनती है। एक तू है जो जान मारकर तीन-चार रुपये दैनिक पैदा करती है, और एक तेरा भाई पूरन है जो सात-आठ रुपये की शराब रोज़ पी जाता है।"

"अपना-अपना भाग्य है। फिर सुषमा के विवाह के लिए भी रुपयों की आवश्यकता पड़ेगी।"

"और वह तू कमाएगी?"

"सब नहीं। दो-चार सौ की सहायता कर सकती हूं।"

"ओह बेटी!" मां ने गहरी सांस ली, "गरीबी भी एक लानत है।"

"और कठोर परिश्रम गरीबी का इलाज है।"

"इस आयु में?"

"मां, कितने बड़े और सफल लोगों ने छोटी आयु में मेहनत शुरू कर दी थी!" रमा ने कहा और मशीन चलाने लगी।

मशीन की आवाज़ में मां की आवाज़ डूबकर रह गई। रमा से उसे बहुत-सी आशाएं थीं। रमा उसका कितना ध्यान रखती थी! दवाई पीने से टालती तो रमा स्वयं जाकर अपनी जेब से दवा ले आती। कभी-कभी उसके खाने के लिए फल ले आती।

और यह सब कुछ वह तेरह वर्ष की आयु में कर रही थी। वह साइकलों की गद्दियों के कवर सीती थी, और उसे तीन रुपये एक दर्जन कवर के मिलते थे। लेकिन रैक्सीन की सिलाई इतनी आसान न थी। रेशमी और सूती कपड़े की भांति बिना डोर के सिलाई न होती थी। एक दर्जन गद्दियों के कवर सीने से उसके हाथ थक जाते थे। उंगलियां, हथेली और कलाई दुखने लगती थीं। लेकिन वह बहुत ही मेहनती और हठीली लड़की थी। वह इस दुःख की कदाचित् चिंता न करती थी। गद्दियां सीने

के बाद जब वह 'होम टास्क' करती तो कलम उसके हाथ से गिर जाती। उंगलियां कलम थामने से इन्कार कर देतीं।

मां अपनी चारपाई पर पड़ी थी। बीड़ी पी रही थी। बीड़ी से खांसी पैदा हुई। फिर बलगम और बलगम के साथ खून आया।

मशीन चल रही थी। जैसे-जैसे गद्दियों के कवर तैयार होते जाते, रमा का दिल खुशी से भरता जाता।

वह सातवां कवर तैयार कर रही थी कि सुषमा स्कूल से आ गई।

"सुषमा, तू आज फिर देर से आई है।" मां ने कहा।

"मां! परीक्षा निकट आ रही है। स्कूल खत्म होने के बाद भी पढ़ाई जारी रहती है। घर में तो इतना समय नहीं मिलता। शाम को खाना तैयार करना होता है। इसलिए वहीं पढ़ लेती हूं।"

"अच्छा बेटी, खाना खा ले। रमा ने भी नहीं खाया। भूखे पेट स्कूल से आई और मशीन संभाल ली। उसको भी खिला दे।"

"क्यों रमा, तूने खाना नहीं खाया?" सुषमा ने पूछा।

"खा लूंगी। अभी भूख नहीं।"

"भूख कैसे नहीं! खाली पेट मेहनत करेगी तो मरेगी! तुझे तो दिन में बारह बार चाय चाहिए। चाय ही तुम्हारा दोपहर का खाना है, शाम का नाश्ता और रात का खाना।" सुषमा ने कहा।

"तो अब भी एक गिलास चाय बना दो।"

"नहीं, पहले खाना खा।"

"खा लूंगी, दीदी!"

"नहीं, छोड़ इस मशीन को। चल खाना खा।" कहकर सुषमा ने मशीन की हत्थी थाम ली।

"मुझे रोको नहीं। आज मुझे दो दर्जन कवर तैयार करने हैं।"

"पहले खाना।"

"अच्छा, तुम गर्म करो। मैं आती हूं। इतने में यह कवर तैयार हो जाएगा।" रमा ने कहा।

"यह ठेकेदार तो लूट मचाता है। क्या देता है तुम्हें भला?"

"तीन रुपये एक दर्जन कवर के।"

"पच्चीस पैसे एक कवर के! और स्वयं बाज़ार से एक रुपया प्रति कवर के लेता है।"

"अब इसका धंधा है। मुझे पच्चीस पैसे ही बहुत हैं। अब मुझे इसे खत्म करने दो। तुम खाना गर्म करो।"

"अच्छा।"

खाना क्या गर्म करना था। एक दाल थी। सुबह दाल पकती थी और शाम को मौसम की वह सब्ज़ी जो सबसे सस्ती होती थी। सुषमा ने स्टोव जलाकर दाल गर्म की और रसोईघर से चिल्लाई, "रमा, प्याज़ खाएगी?"

"खा लूंगी; लेकिन स्टोव बन्द न करना। चाय का पानी रख देना। मां, तुम चाय पीओगी?"

"बचे तो दे देना।" मां की आवाज़ आई।

"बचेगी क्यों नहीं? जब तुम्हारे हिस्से की बनेगी तो अवश्य मिलेगी।"

रमा ने ऊंचे स्वर में कहा ताकि सुषमा सुन ले और मां के लिए भी पानी डाल दे।

"रमा, आ जाओ। दाल गर्म हो गई है। प्याज़ कुतर लिया है।"

"आई।" रमा को मशीन बंद करनी पड़ी।

रसोईघर में दोनों बहिनें खाना खाने लगीं।

"रमा!"

"हां।"

"मेरे साथ चलोगी?"

"कहां?"

“शशि के घर।”

“शशि के घर या...?”

“धीरे बोल!” सुषमा ने डांटा। “तुझे कितनी बार समझाया कि कुछ बातें धीरे की जाती हैं।”

“ना बाबा! मुझे तो दो दर्जन कवर तैयार करने हैं। आज छः रुपये की मज़दूरी अवश्य करनी है।”

“मैं सांचा रखकर कवर काट दूंगी, और तेरा हाथ भी बंटा दूंगी। हम एक घंटे में लौट आएंगे।”

“नहीं दीदी, मैं नहीं जा सकती। तुम चली जाओ।”

“लेकिन मां मुझे अकेली नहीं जाने देगी।”

“कह देना कि पढ़ाई करने जा रही हूं।”

“वह फिर भी न जाने देगी। तू साथ होगी तो आज्ञा मिल जाएगी। गिरधारी ने ठीक साढ़े तीन बजे मिलना है। हम सवा चार बजे तक लौट आएंगे।”

“नहीं दीदी, मैं आज नहीं जा सकती।”

“मेरी अच्छा रमा!”

“अब चापलूसी करो या खुशामद, लेकिन मैं नहीं जाऊंगी। मुझे कवर तैयार करने हैं।”

“कहा ना, मैं हाथ बंटा दूंगी। आज चल, फिर मत जाना।”

“तुम यह कहकर दस बार ले जा चुकी हो। जिस दिन मां या पिताजी को पता चल गया तो हमारी दोनों की बोटी-बोटी कर देंगे।”

“उन्हें पता नहीं चलेगा। इसीलिए तो तुझे ले जाती हूं।”

“लेकिन पिछली बार मां को संदेह हो गया था।”

“उस दिन देर हो गई थी। आज हम जल्दी लौट आएंगी।”

“यह तो तुम यहां कहती हो और जब गिरधारी मिल जाता है तो

तुम्हारी बातें ही खत्म नहीं हो पातीं। न मालूम ऐसी कौन-सी बातें होती हैं जो तुम थकते नहीं हो।"

"दो वर्ष बाद तुम भी समझ जाओगी।"

"लेकिन कवर?"

"बस रमा, केवल आज। फिर न कहूंगी। देख, अब इन्कार न करना। बस तैयार हो जाओ। मेरी खातिर।" सुषमा ने कुछ इस प्रकार याचनापूर्ण स्वर में कहा कि रमा का दिल पसीज गया।

"अच्छा।"

"मेरी अच्छी बहिन!"

खाना समाप्त हो गया था। दोनों बहिनों और उनकी मां ने मिलकर चाय के गिलास खाली किए।

"मां! मैं शशि के घर जा रही हूं और रमा को साथ ले जा रही हूं।"

"रमा को?" मां ने सुषमा को घूरा, "लेकिन रमा ने तो कहा था कि वह दो दर्जन कवर तैयार करेगी!"

"मां! हम शीघ्र ही लौट आएंगी। अधिक से अधिक आधपौन घंटा बैठेंगी। और पन्द्रह-बीस मिनट आने-जाने में।"

"क्यों रमा?" मां ने प्रश्न किया।

"मां, हम जल्दी लौट आएंगी।"

"अच्छा। एक घंटे से अधिक देर लगाई तो फिर तुम जानती ही हो!" मां ने धमकी दी।

"मां! तुम चिंता न करो।" सुषमा ने कहा।

चाय समाप्त करके उन्होंने गिलास रसोईघर में रखे और दोनों बहिनें घर से निकल पड़ीं।

"दीदी, बस आज अंतिम बारी है।"

"हां, हां, सुन लिया।"

"लेकिन दीदी, तुम्हें मिलता क्या है?"

"मिलता क्या है," सुषमा ने गहरी सांस ली, "अब तू क्या जाने कि प्रेम क्या होता है! दो वर्ष उपरान्त तू पन्द्रह वर्ष की हो जाएगी, फिर तुझे पता चलेगा।"

"और यदि मां या पिताजी को पता चल गया?"

"तब क्या होगा! न मालूम तू कब बड़ी होगी और कब मैं तेरे साथ दिल की बात कर सकूंगी!"

"दिल की बात? क्या मतलब?"

"अरी मूर्ख! क्या तू जानती नहीं कि हमारे माता-पिता का धर्म अलग-अलग है, और घर में जो कुछ है वह तुमसे छुपा नहीं! बिरादरी में हमारा विवाह हो नहीं सकता, क्योंकि लोग जानते हैं मां का धर्म क्या था। अब हमारे पास केवल अच्छी सूरतें ही हैं, और इन अच्छी सूरतों पर कोई नवयुवक मर मिटे तो हमारा विवाह हो सकता है। मूर्ख माता-पिता की भूल या उनके किए का सन्तान पर भी प्रभाव पड़ता है।"

"लेकिन तुम्हारे लिए तो कई सम्बन्ध आए हैं।"

"लड़के किस किस्म के हैं! कोई मिस्त्री है, तो कोई फैक्टरी मज़दूर है। अब मिस्त्री या फैक्टरी मज़दूर से ही ब्याहना था तो मां-बाप ने हमें पढ़ाया क्यों?"

"लेकिन दीदी! मैं गद्दियों के कवर सी-सीकर सिलाई का कोर्स कर लूंगी। फिर दस-बारह रुपये रोज़ कमाने लगूंगी, और तुम्हारे दहेज के लिए पांच-सात सौ रुपये जमा कर लूंगी। यदि तुम भी कवर सीने लगो तो अब भी दस-बारह रुपये रोज़ पैदा हो सकते हैं।"

"तू तो पागल है।"

"क्यों?"

"घर में एक मशीन है। इसपर तू काम कर सकती है या मैं। और

एक दिन में एक दर्जन से अधिक कवर तैयार नहीं हो सकते।"

"यह बात तो मैंने सोची ही नहीं।"

इसीलिए तो कहती हूं कि तू नादान है, बच्ची है। जब पन्द्रह वर्ष की हो जाएगी तब तुम्हारी समझ में सारी बातें आ सकेंगी। यह सत्य है कि बच्चे मां-बाप से प्यार करते हैं। उन्हें अपने माता-पिता ही सबसे अच्छे नज़र आते हैं। लेकिन जैसे ही बचपन साथ छोड़ता है, जवानी आती है, तो अक्ल आती है। और बुद्धि से काम लेने के बाद पता चलता है कि सच क्या है। तू समझती है, मुझे मां से या पिताजी से प्रेम नहीं है; लेकिन मत भूलो कि इनके जीवन पर एक दाग ऐसा है जिसका प्रभाव हमपर भी पड़ेगा। पूरन भैया पचीस वर्ष से अधिक के हो गए हैं। बी० ए०, बी० एड० हैं। स्कूल टीचर हैं। अच्छा वेतन मिलता है। ट्यूशन से भी कमाते हैं। लेकिन उनका विवाह नहीं हो सकता। जानती हो क्यों?"

"क्यों?"

"क्योंकि बिरादरी से कोई हमें लड़की देने को तैयार नहीं, जबकि बिरादरी में दो-अढ़ाई सौ रुपये कमाने वालों का विवाह हो चुका है, जो पूरन भैया से आयु में कम हैं।"

"तो पूरन भैया की शादी न होगी?"

"होगी। ऐसी-वैसी। तुम देख लेना।"

"गिरधारी तो अभी पढ़ता है।"

"लेकिन उसके पिता की दुकान है। बहुत अच्छी दुकान है। सैकड़ों रुपये मासिक की आय है। घर में सब कुछ है। अपना मकान है। जब बी० ए० कर लेगा तो दुकान पर काम करेगा। नौकरी की तलाश में मारा-मारा न फिरेगा।"

"और यदि उसके माता-पिता न माने?"

"तब भी वह नौकरी ढूंढ़ लेगा।"

"जब ऐसी बातें हैं, तो तुम मां को क्यों नहीं बता देतीं?"

"मां बीमार है। उसकी बीमारी का कोई इलाज नहीं। वह तो अधिक से अधिक एक वर्ष और जीवित रहेगी।"

"मां केवल एक वर्ष जीवित रहेगी?" रमा का नन्हा-सा दिल कांप उठा। उसकी आवाज़ भरी गई और आंखों में आंसू आ गए। "सुषमा, यदि मां मर गई तो हम क्या करेंगे?"

"अरे, तू तो रोने लगी!" सुषमा ने उसे देखा, "पगली, सड़क पर चलते नहीं रोते।"

"लेकिन दीदी, यदि ऐसा हो गया तो?"

सुषमा को अपनी भूल का भान हो गया था। उसे ऐसी कटु बात रमा से नहीं कहनी चाहिए थी। रमा अभी बच्ची थी। बच्चे जब सोलह वर्ष के हो जाते हैं तब वह सोच सकते हैं कि उनके माता-पिता भी मर सकते हैं। इससे कम आयु के बच्चों के लिए तो मृत्यु एक भयानक और हृदय-विदारक चीज़ है।

"मुझसे गलत बात निकल गई। मैंने तो यों ही कह दिया। मां अभी कई वर्ष जीवित रहेगी। दस-बारह वर्ष। शायद इससे भी अधिक।" सुषमा ने उसे ढाढ़स दी।

"फिर तो ठीक है। मैंने तो सोचा है, मैं विवाह ही नहीं कराऊंगी। मैं केवल मां की सेवा करूंगी। उसे कितना कष्ट है! इतना पैसा भी नहीं कि उसका इलाज हो सके। मैं तो कपड़ों की सिलाई का कोर्स करके जो कुछ कमाऊंगी, मां के इलाज पर खर्च करूंगी।"

पार्क आ गया था। और गिरधारी सुषमा की प्रतीक्षा कर रहा था।

"दीदी, अधिक देर न लगाना।"

"हम इस वृक्ष के नीचे बैठते हैं। बस पन्द्रह-बीस मिनट। तू इतने में ज़रा घूम-फिर लेना।"

"मेरी चिंता न करो, लेकिन तुम देर न करना—वरना मां नाराज़ होगी और मुझपर बिगड़ेगी।

"घबराओ नहीं। पन्द्रह-बीस मिनट से अधिक नहीं लगेंगे।"

सुषमा गिरधारी के पास चली गई, और रमा टहलने लगी। समय गुज़रने लगा।

आधा घंटा।

पौना घंटा।

एक घंटा।

टहलने से रमा बोर ही न हुई थी, बल्कि थक गई थी। वह कई बार उनके पास से भी गुज़री थी, लेकिन सुषमा ने कोई ध्यान न दिया। उसने आंख उठाकर भी न देखा था।

रमा को अब क्रोध आ रहा था। बातें बातें...जवान दिलों की बातें भला इतनी आसानी से खत्म होने वाली थीं! आखिर ये बातें कब खत्म होंगी? उधर मां का डर। आज खैर न थी। आज मां उसपर बरसेगी। मां ने उसकी ज़िम्मेदारी पर सुषमा को बाहर आने की अनुमति दी थी।

अब वह क्या झूठ बोलेगी? मां से क्या कहेगी कि इतनी देर क्यों हो गई? वह क्या बहाना लगाएगी?

जब डेढ़ घंटा गुज़र गया और बातें खत्म होने में न आईं, तो रमा साहस करके सुषमा के पास पहुंच गई।

"दीदी, बहुत देर हो गई है।"

"बस पांच मिनट और।" सुषमा ने उसे देखे बिना कहा।

"लेकिन दीदी, मां..."

"बस रमा, पांच मिनट और।"

और रमा को वहां से हटना पड़ा।

पांच नहीं, लेकिन दस-बारह मिनट बाद सुषमा और गिरधारी खड़े

हो गए।

"शुक्र है भगवान का!" रमा बड़बड़ाई। वह तेज़ी से इनकी ओर बढ़ी।

उधर गिरधारी दूसरी ओर चला गया था, और सुषमा अकेली उसकी ओर बढ़ रही थी।

सुषमा जब निकट आई तो रमा चिल्ला-सी पड़ी, "दीदी! आज खैर नहीं। आज मां..." और शेष बात उसके कंठ में फंसकर रह गई।

सुषमा ने उसे एक बार देखा था और फिर नज़रें झुका लीं। रमा ने उसकी आंखें देख ली थीं।

"दीदी! क्या...क्या तुम रो रही थीं?"

सुषमा ने गहरी सांस ली।

"मुलाकात खत्म हो गई है?"

"हां रमा, सदा के लिए समाप्त हो गई।"

"क्या मतलब?"

"आओ चलें," कहकर सुषमा चल पड़ी और चलते-चलते उसने आंखों से आंसू साफ किए।

"ऐसी क्या बात हो गई?"

"वही, जिससे मैं सदा डरती थी।"

"क्या गिरधारी को पता चल गया है कि हमारी मां कौन है?"

"नहीं।"

"फिर यह आंसू क्यों?"

"गिरधारी ने विवाह से इन्कार कर दिया है।"

"इन्कार कर दिया है, लेकिन क्यों?"

"उसके माता-पिता राज़ी नहीं होते।"

"लेकिन क्यों?"

"उसने यही कहा है कि वे राजी नहीं होते। विवाह उनकी स्वीकृति से होगा, जहां वह चाहेंगे।"

"और तुममें क्या कमी है?"

"दहेज मैं एक गरीब स्कूल टीचर की बेटी हूं।"

"दहेज कौन माता-पिता नहीं देते?"

"लेकिन वह अधिक चाहते हैं।"

"गिरधारी बकता है। वह केवल तुम्हारे साथ एक खेल खेल रहा था, और अब इस खेल से उसका जी भर गया।"

"लेकिन रमा, ऐसी बात नहीं।"

"बस यही बात है। यदि उसे इन्कार करना था तो मां की आड़ लेकर करता।" रमा ने कहा।

"हो सकता है मां भी एक हिस्सा हो।"

"इसका मतलब है, हमारा कोई भविष्य नहीं।"

"क्या मैंने कहा नहीं था? यदि कोई भविष्य है तो वे लड़के जो फैक्टरियों में काम करते हैं—साधारण पढ़े-लिखे और मामूली वेतन। मैं रो-धोकर सब्र कर लूंगी। लेकिन आज मेरी आंखें खुल गई हैं। पूरन का विवाह भी अच्छे घराने में न हो सकेगा, और न ही तुम्हारा।"

"खैर, मैं विवाह नहीं कराऊंगी।"

"पगली है। यह तो तू अब कह रही है, लेकिन तीन वर्ष बाद तेरे अन्तर् में विवाह की आकांक्षा जन्म लेगी। आखिर तू भी लड़की है।"

"नहीं दीदी, नहीं। मैं अपनी मेहनत से ऊंची शिक्षा प्राप्त करूंगी और स्कूल अध्यापिका बनूंगी। स्कूल टीचर को तीन सवा तीन सौ रुपये मासिक मिलते हैं। और मैं मां की सेवा करूंगी।"

"खैर, जब समय आएगा, देखा जाएगा। लेकिन अब मैं नहीं जानती कि मेरा क्या होगा।"

"गिरधारी से कहो कि वह घर छोड़ दे।"

"आज के लड़के ऐसी वीरता नहीं दिखाते। वे केवल धन के पुजारी बनकर रह गए हैं। और धन भी वह जो आसान तरीकों से कमाया जा सकता हो। गिरधारी का एक अच्छा भविष्य है। उसके पिता का निजी व्यापार है। जब वह कालेज की शिक्षा समाप्त करेगा तो पिता के साथ मिलकर काम शुरू करेगा।"

"अब मां से क्या कहेंगी कि इतनी देर क्यों हो गई?"

"मैं यही सोच रही थी।"

"तुम्हारी तो आंखें सुर्ख हो गई हैं, और दूर से देखने वाला कह सकता है कि तुम रोती रही हो। मां समझ जाएगी कि हम शशि के घर नहीं गए थे। एक तो देर हो गई है, दूसरे तुम्हारी आंखें...।"

"खैर, घर में दाखिल होने से पहले मैं किसी सरकारी नल से पानी लेकर मुंह धो लूंगी।"

"और देर का क्या जवाब दोगी?"

"वह सोच रही हूं।"

"एक उपाय मेरे मन में आया है।"

"कहो।"

"मैं अपनी चप्पल का फीता तोड़ देती हूं। फिर उसे रूमाल से बांध लूंगी; और मां से कह देंगे कि चप्पल टूट जाने से तेज़ न चला जाता था इसलिए देर हो गई।" रमा ने कहा।

"ओह! मैं तो तुझे बिलकुल ही नादान समझती थी!" सुषमा ने खुश होकर कहा।

वे दोनों रुक गईं। वी-सूरत की चप्पल का फीता तोड़ने में अधिक कठिनाई न हुई। "अभी मैं रूमाल बांध लेती हूं। लेकिन घर के पास जाकर रूमाल खोल दूंगी। फिर लंगड़ाकर पांव घसीटकर चलूंगी।"

"खैर, तरकीब बहुत अच्छी है।"

"चलो।" रमा ने रूमाल बाध लिया था।

"आओ।"

वे कंधे से कंधा मिलाकर चलने लगीं।

"दीदी, तुम कह रही थीं कि पूरन भैया का विवाह किसी अच्छे घराने में न हो सकेगा?"

"हां।"

"क्यों?"

"क्यों का जवाब मेरे पास नहीं—लेकिन ऐसा होकर रहेगा, यह मेरा दिल कहता है। पगली, लोग जवानी के जोश में पराये धर्म में विवाह करते हैं, लेकिन इस विवाह का प्रभाव उनकी संतान पर पड़ता है और दंड संतान को भुगतना पड़ता है।"

"लेकिन दीदी, हमारी मां कितनी अच्छी है! उसने आज तक किसीकी बुराई नहीं की, किसीसे झगड़ा नहीं किया। हर रिश्तेदार को सिर-आंखो पर बिठाया, आवभगत की। फिर उसकी संतान के साथ प्रतिशोध की भावना क्यों?"

"मां बहुत अच्छी है। इसीलिए तो उसकी संतान को दुःख उठाना पड़ेगा। यह संसार की रीति है कि अच्छों के साथ लोग बुरा बर्ताव करते हैं।"

"लेकिन दीदी, मैं निराश नहीं। मुझे भगवान पर भरोसा है। वह सब ठीक कर देंगे। सब ठीक हो जाएगा।"

"यह तुम्हारी इच्छा है, और मानव की प्रत्येक इच्छा पूरी नहीं होती। आज के बाद तो मुझे भगवान पर भी भरोसा नहीं रहा।" सुषमा ने भर्राई आवाज़ में कहा।

"दीदी, अब रोना नहीं।"

"नहीं रमा, अब मैं इन आंसुओं को पी लूंगी। लेकिन मैं सोचती हूं,

हमारा सबका क्या बनेगा?"

"लेकिन गिरधारी ने कहीं मां के कारण तो अस्वीकृति नहीं दी?"

"कौन जानता है! वह एकाएक बदल गया। आज उसने मेरी मिन्नतों पर कोई ध्यान न दिया। केवल एक ही रट लगा रखी थी कि उसके माता-पिता राज़ी नहीं होते। यह परिवर्तन बिलकुल आशा के विपरीत था। आज तक वह सदैव यही कहता रहा कि उसकी बात को उसके माता-पिता टाल नहीं सकते।"

"अवश्य किसीने उसके कान भरे हैं।"

"शायद।"

"शायद नहीं, निश्चय ही।"

"लेकिन अब क्या हो सकता है?"

"मुझे तो अब भी विश्वास है कि सब ठीक हो जाएगा।"

घर आ गया था।

रमा ने रूमाल उतार दिया। अब वह पांव घसीटकर चलने लगी और इसी प्रकार घर में प्रविष्ट हुई।

सुषमा अपने कमरे में चली गई। रमा मां के काबू में आ गई।

"रमा!" मां ने पुकारा।

"हां मां।"

"कहां से आ रही हो?"

"शशि के घर से।"

"झूठ। वहां इतनी देर नहीं लग सकती।"

"मां! ऐसा हुआ कि मेरी चप्पल टूट गई, और मैं बड़ी मुश्किल से पांव घसीटकर यहां तक पहुंची हूं। जेब में पैसे भी नहीं थे जो मोची से मरम्मत करा लेती।"

"तू भी उनमें जा मिली! सफेद झूठ बोलते लाज नहीं आई!" कहकर

मां ने रमा के गाल पर थप्पड़ जड़ दिया। "सच बताओ, कहां थीं।"

"मां! मैं सच कह रही हूं।" रमा की आंखों में आंसू आ गए।

"फिर बकवास!" दूसरा थप्पड़ पड़ा।

"मां! यह सच है।"

"नहीं। सच बताओ वरना तुम्हारे पिताजी आए तो तुम्हारी चमड़ी उधेड़ देंगे। मैं सब जानती हूं और समझती हूं।" तीसरा थप्पड़ पड़ा।

थप्पड़ों की आवाज़ सुषमा के कानों से टकराई। उसका दिल तड़प उठा। उसकी नन्ही-सी बहिन उसके कारण पिटती जा रही थी। वह यह सहन न कर सकी, इसलिए कमरे से निकलकर मां और रमा के पास आ गई।

"मां, इसे क्यों पीट रही हो?"

"तो फिर बताओ, तुम कहां से आ रही हो? इतनी देर कहां लगाई?"

"रमा ठीक कह रही है।"

"झूठ। बिल्कुल झूठ। मैं सब जानती हूं। मैं तुम्हारी मां हूं। तुम मेरी आंखों में धूल नहीं झोंक सकती हो।" मां गरजी।

"मां! तुम्हें विश्वास करना चाहिए।"

"नहीं। मैं सत्य जानना चाहती हूं।"

"तो सच सुन लो।"

"दीदी!" रमा ने बिसूरते हुए कहा।

"चुप रह!" सुषमा ने रमा को डांटा, "आज मैं मां को बता देना चाहती हूं कि वह हमारे जीवन पर कितना बड़ा दाग है—वह दाग जो किसी प्रकार धुल नहीं सकता।"

"यह क्या बक रही हो?" मां संभलकर बोली।

"मैं बक नहीं रही हूं, ठीक कह रही हूं। अब मैं बच्ची नहीं। दुनिया

जानती है कि तुम कौन हो, और तुम्हारा विवाह पिताजी के साथ किस प्रकार हुआ था।" सुषमा ने ऊंचे स्वर में कहा।

"तुम्हारी यह मज़ाल! अपनी ज़बान को लगाम दो।"

"मैं तो लगाम दे दूंगी, लेकिन दुनिया की ज़ुबान कौन बन्द करेगा?" सुषमा ने कहा और रोने लगी।

मां भौचक्की रह गई। पहले पूरन ने विद्रोह किया था और अब सुषमा ने।

यह थी उसकी संतान, जिसको उसने अपनी कोख से जन्म दिया था, रातों जागी थी, दुःख उठाए थे, मुसीबतें झेली थीं, और अब यह संतान जवान हो गई थी।

उसने हथियार डाल दिए। वह इस दिन के लिए सदा ही चिंतातुर रही थी। और वह दिन आज आ गया था। उसने एक विवश व्यक्ति की भांति कहा :

"अपने पिताजी को आने दो।"

"वह क्या करेंगे?"

"तो तुम्हें अब पिताजी का डर भी नहीं रहा?"

"डर की बात नहीं मां," सुषमा ने संभलकर कहा, "मैं दुनिया की बात कर रही हूं।"

"दुनिया क्या कहती है?"

"बहुत कुछ, जो तुम सुन न सकोगी।"

"और तुम्हारा मतलब है कि मैंने आज तक कुछ सुना ही नहीं है!" मां ने कहा और उसे खांसी छिड़ गई।

"मां, मां, तुम चारपाई पर बैठ जाओ। देखा, क्रोध ने खांसी पैदा कर दी! मैं पानी लाती हूं।" रमा ने कहा।

"पानी! काश मुझे मौत आ जाए!" कहकर मां खांसते-खांसते

चारपाई की ओर बढ़ गई।

सुषमा मां को इस तरह व्यथित देखकर अपना दुःख भूल गई। आखिर मां मां थी। उसका क्या दोष था! समाज को उनका विवाह पसन्द न था, लेकिन मां ने तो कितना बड़ा बलिदान दिया था! विवाह के बाद वह अपने मां-बाप, बहिन-भाइयों से न मिली थी और न ही उनकी बातें करती थी।

"मां! मुझे क्षमा कर दो।" सुषमा ने चारपाई पर बैठते हुए कहा।

"क्षमा! अब क्षमा की आवश्यकता नहीं। अब तो मेरी एक ही अभिलाषा है कि भगवान मुझे इस दुनिया से उठा ले।"

"नहीं, मेरी मां! मुझसे गलती हो गई। मैं बच्ची हूं। भावावेश में बहकर न मालूम क्या कह गई। वास्तव में मैं रमा को पिटता देखकर सहन न कर सकी।"

"और मुझे शत्रु समझ लिया! बहिन से सहानुभूति पैदा हो गई!"

"नहीं मां! तुम शत्रु नहीं हो!" कहकर सुषमा ने उसकी गोद में सिर रख दिया और रोने लगी।

"लेकिन बेटी, हुआ क्या है? कुछ बताओ तो सही।"

"कुछ नहीं मां।"

"फिर ये आंसू क्यों?"

"न मालूम क्यों बह रहे हैं। ऐसी कोई बात नहीं।"

"मैं जानती हूं कि तुम दुखी हो। क्या मां को अपना दुःख न बताओगी?"

"मां, मुझे कोई दुःख नहीं। सच जानो। मैंने खामखाह तुम्हारा दिल दुखाया है। मुझे क्षमा कर दो।"

"मुझे मां नहीं अपनी सहेली समझो।" कहकर मां उसके सिर के बालों में उंगलियां फेरने लगी।

"कोई दुःख नहीं मां, मुझे कोई दुःख नहीं।"

"बेटियां तो मेहमान होती हैं। एक दिन वे अपने घर चली जाती हैं। क्या तुम भी मेरी तरह अपने मायके को भुला दोगी? और मायके से घृणा करोगी?"

"नहीं मां, बिलकुल नहीं।"

"तो फिर बताती क्यों नहीं कि क्या दुःख है?"

"कोई दुःख नहीं मां।" सुषमा ने रोते हुए कहा।

मां के बहुत अधिक हठ करने पर भी सुषमा ने अपना दुःख न बताया।

6

उसी रात जब सब खाना खा चुके और पूरन स्वभावानुसार अभी घर नहीं लौटा था, तो एकान्त पाकर मां ने बात शुरू की :

"पूरन विवाह करा रहा है।"

"पूरन विवाह करा रहा है?" पिता ने पुष्टि करानी चाही।

"हां।"

"कहां? किससे? कब?"

"एक नर्स है, उसके साथ। आज सुबह उसने मुझे बताया था। वह कचहरी में जाकर सिविल मैरिज करा रहा है, क्योंकि नर्स जाति की ईसाई है।"

"और तुमने अनुमति दे दी?"

"उसने अनुमति नहीं मांगी थी।"

"फिर?"

"उसने सूचित किया था।"

"और तुमने क्या कहा?"

"कुछ नहीं।"

"क्यों?"

"मेरे कहने या न कहने से क्या अन्तर पड़ता है! अब सन्तान सयानी हो गई है। वह जानती है कि हमारा विवाह किस प्रकार हुआ था। इसलिए अब हम इन्हें रोक नहीं सकते।"

"रोक नहीं सकते! और मैं उसे घर से निकाल दूंगा। मैं उस शराबी से पहले ही बहुत तंग आ चुका हूं।"

"उसे शराबी न कहिए।"

"तो क्या लफंगा? क्यों?"

"वह लफंगा भी नहीं...।"

"फिर क्या है?"

"वह एक समझदार जवान लड़का है। जब उसने अपने विवाह की बात की तो मैंने कहा—पूरन बेटे, घर में जवान लड़की है। इसका क्या सोचा है?"

"तो क्या कहा उसने?"

"उसने कहा कि वह शराबी ज़रूर है, लेकिन उसका बैंक में आठ हज़ार रुपया पड़ा है, जिसमें से पांच हज़ार रुपया वह सुषमा के विवाह पर देगा।"

"पांच हज़ार रुपया वह दे देगा?" पिता का मुंह आश्चर्य से खुला रह गया।

"जी हां।"

"पांच हज़ार रुपया मामूली रकम नहीं।"

"मामूली रकम! मैंने तो जब से सुना है मेरी बीमारी आधी रह गई

है। मैं नहीं जानती थी कि वह इतना आज्ञाकारी है, और उसे घर का इतना ध्यान है।"

"वह तो ठीक है, रमा की मां! मेरी अपनी दशा भी यही है। लेकिन न मालूम क्यों, मुझे विश्वास नहीं आता।"

"आप कहना क्या चाहते हैं?"

"कहीं वह अपने विवाह को उचित मनवाने के लिए तो ऐसा नहीं कह रहा है? और जब समय आए तो कह दे कि उसके पास तो एक फूटी कौड़ी भी नहीं?"

"लेकिन उसने यह बात किसी दबाव में आकर नहीं कही।"

"स्वयं ही कही थी?"

"जी हां।"

"हद है—लेकिन न मालूम क्यों मैं अपनी सन्तान से निराश-सा हो चला हूं।"

"निराश होने की आवश्यकता नहीं। निराशा इस दशा में सामने आती है जब हम आशा बहुत रखते हैं। और यह बात हमारी आशा के विरुद्ध है। हमने तो उससे किसी प्रकार की सहायता की आशा नहीं रखी।"

"लेकिन यह नर्स से विवाह?"

"अब आप इतने दकियानूसी न बनिए। आपने आज से कितने वर्ष पहले विद्रोह किया था?"

"मेरी-तुम्हारी बात और थी। हमने यदि विद्रोह किया था तो इसे निभाया भी है।"

"और पूरन?"

"यह पीढ़ी निभाना नहीं जानती। इस पीढ़ी को प्यार, स्नेह, बलिदान, सम्मान जैसी बातों से कोई सरोकार नहीं। यह आदि से अन्त तक स्वार्थी है। केवल अपनी जान के लिए सोचती है। और व्यक्तिगत बातों के

अतिरिक्त अन्य किसीसे कोई सरोकार नहीं।" गोपालदास ने कहा।

"लेकिन हमारी सन्तान का खून इतना सफेद नहीं हुआ।"

"शायद तुम ठीक कहती हो। लेकिन न मालूम क्यों, मैं इस वास्तविकता को वास्तविकता नहीं समझ रहा।"

"खैर, इसमें आपका दोष नहीं। यह संसार का नियम है कि वे स्वयं प्यार करना चाहते हैं और जब उनकी संतान प्रेम की बात करती है तो माता-पिता आगबगूला हो जाते हैं। वे इस बात को सहन नहीं कर सकते।"

"शायद तुम ठीक कहती हो।"

"फिर संदेह क्यों?"

"लेकिन शमी! इसका प्रभाव दूसरे बच्चों पर भी पड़ेगा। वह भी पराये धर्म के लड़के और लड़की तलाश कर लेंगे।"

"और हमें रूढ़िवादी नहीं होना चाहिए।" शमी ने गहरी सांस ली। "फिर आप तो जानते हैं कि बिरादरी से न तो हमें लड़की मिल सकती है न ही लड़का।"

"मैं यह बात मानने को तैयार नहीं। एक दिन तुम ही कह रही थीं कि कई नाते आए हैं!"

"लेकिन वे नाते मुझे पसन्द नहीं थे। पूरन हमारा बी० ए०, बी० एड० है। लड़की भी स्कूल टीचर हो तो अच्छा है। लेकिन जिस प्रकार के रिश्ते आए, वे लड़कियां साधारण पढ़ी-लिखी हैं और निम्न-मध्य वर्ग से हैं। और निम्न-मध्य वर्ग में जब तक पति-पत्नी दोनों न कमाते हों, घर के खर्च पूरे नहीं हो सकते।"

"खर्चे तो पूरे नहीं हो सकते, लेकिन वह घर किस किस्म का होता है! स्त्री दफ्तर की शोभा नहीं। केवल कमाने वाली मशीन ही नहीं, बल्कि उसे गृहस्थी का बोझ संभालना होता है। जब बच्चे होंगे तो उन्हें कौन पालेगा?"

"मैं जो हूं।"

"तुम?"

"हां, मैं।"

"भगवान तुम्हें दीर्घ आयु दे, और वह दिन भी लाए जब तुम पोते या पोती को पालो। लेकिन..."

"लेकिन आप डरते हैं कि वह दिन नहीं आएगा। आप सोचते हैं कि मैं अधिक देर जीवित नहीं रहूंगी।"

"बिलकुल नहीं, शमी! भगवान के लिए ऐसी बात न कहो। मृत्यु के नाम से मुझे डर लगता है। फिर भगवान न करे तुम्हें कुछ हो गया तो मैं एक दिन जीवित न रह सकूंगा। मैं जानता हूं, संतान मेरी परवाह न करेगी, मेरे बुढ़ापे का सहारा न बनेगी।"

"यह केवल आपका भ्रम है।"

शमी चाहती थी कि वह सुषमा की बात भी कर दे; लेकिन ऐसी खुशी की बात करने के उपरान्त वह दुःख पूर्ण कहानी न सुनाना चाहती थी।

"तुम होने वाली बहू से कब मिल रही हो?"

"अभी मैंने पूरन से कहा नहीं। कल कहूंगी कि एक दिन बह उसे घर लाए।"

"विवाह गिरजा में होगा या मन्दिर में?"

"सिविल मैरिज। पूरन धार्मिक रिवाजों के विरुद्ध है। और फिर आज के ज़माने में धार्मिक रिवाज केवल एक ढकोसला बनकर रह गए हैं। क्या आप जानते नहीं कि लोगों का ज्योतिषियों पर किस प्रकार का विश्वास रह गया है?"

"किस प्रकार का?"

"बस इतना कि पंडितजी, अमुक तिथि का मुहूर्त निकाल दीजिए।"

गोपालदास हंस पड़ा, "बहुत खूब! सचमुच लोग अब ऐसा ही करते

हैं। वे मुहूर्त निकलवाते हैं; बल्कि दिन बताकर कहते हैं कि अमुक तिथि का मुहूर्त निकाल दो।"

"फिर आप इस विवाह के विरुद्ध हैं?"

"यह मैंने नहीं कहा।"

"तो पक्ष में हैं?"

"वह भी नहीं कहा।"

"यह क्या बात बनी? न आप विरुद्ध हैं, न पक्ष में हैं!"

"मैं चुप रहना पसन्द करूंगा। इसलिए कि उसने सब कुछ सोच लिया है और निर्णय कर लिया है; मेरी राय, अनुमति या आशीर्वाद की आवश्यकता ही नहीं समझी। इस सूरत में मैं चुप रहना पसन्द करूंगा यदि संतान विद्रोह पर तैयार है, तो मैं विद्रोह को कुचलूंगा नहीं, बल्कि एक दर्शक की भांति तमाशा देखूंगा।"

"दर्शक की भांति क्यों?"

"इसलिए कि यह विवाह सफल न हो सकेगा।"

"आप अभी से कह रहे हैं?"

"शमी! विवाह को सफल बनाने के लिए बलिदान, विश्वासपालता, वफादारी, नम्रता और न मालूम कौन-कौन-से गुणों की आवश्यकता पड़ती है। यह सिविल मैरिज जितनी आसान है उसे तोड़ना भी उतना ही आसान है। हिन्दू मैरिज ऐक्ट में अनेक कारण बताने पर तलाक मिल सकता है, लेकिन सिविल मैरिज ऐक्ट के अन्तर्गत तलाक एक मज़ाक है।"

"खैर! मैं कानूनी बातें नहीं समझती। हां, मैं पूरन को विवाहित देखना चाहती हूं।"

"और घर में एक कमाने वाली स्त्री!"

"जब वह अब काम करती है तो विवाह के बाद करने में क्या बुराई है?" शमी ने कहा।

"कोई बुराई नहीं।"

दरवाज़े पर किसीने आहट की।

"शायद तुम्हारा लाड़ला आ गया है। ग्यारह बजने वाले हैं। सभ्य व्यक्ति इसी समय घर आते हैं। हां, क्या उस नर्स को इसके शराब पीने का पता है?"

"वह नहीं जानती। अब आप कोई हंगामा न खड़ा कर दें।"

"मुझे क्या आवश्यकता पड़ी है!"

"मैं जाकर दरवाज़ा खोलती हूं।"

मां ने दरवाज़ा खोला तो पूरन लड़खड़ाता हुआ भीतर प्रविष्ट हुआ। उसको कदम उठाना कठिन हो रहा था।

"सब सो गए?"

"हां।"

"अच्छा है।"

"खाना खाओगे?"

"खाना मां, यहां क्या पकता है! मुर्गा, मछली, मीट—वही बैंगन की सब्जी होगी!"

"हां, है तो बैंगन की सब्ज़ी ही।"

"तो मैं खाना खा आया हूं।"

"फिर जाकर आराम करो।"

"अच्छा मां!" और वह लड़खड़ाता हुआ दूसरे कमरे में चला गया। बूट, पतलून, कोट उतारे बिना ही वह नशे की दशा में चारपाई पर गिरा और खर्राटे लेने लगा।

शमी पति के पास आ गई थी।

"तो लौट आया वरखुरदार?"

"जी हां।"

"अब घर का खाना भी पसन्द नहीं! ठीक है, जब मुर्गा और मांस खाने को मिलें तो बैंगन की सब्ज़ी कौन खाए!"

"अब आप इसके खाने पर पाबन्दी लगाना चाहते हैं?"

"बिलकुल नहीं, लेकिन केवल यह जानना चाहता हूं कि वह मुर्गा और मीट घर में क्यों नहीं ले आता, ताकि बाकी भी खा लें! मैंने कहा था न कि आज की संतान स्वार्थी है। केवल अपना सोचती है!"

शमी ने उत्तर देना उचित न समझा, इसलिए बात खत्म हो गई।

7

पूरन ने जैसा कहा था वैसा ही किया। उसने कचहरी में डौली के साथ विवाह कर लिया।

डौली आयु में पूरन से बड़ी थी, अनुभव में पूरन से बड़ी थी और सेक्स में दुगुनी थी

डौली डोली में बैठकर न आई थी, बल्कि टैक्सी में बैठकर कचहरी से सीधी घर आई थी।

डौली ने अपने भाई जेम्स के लिए पहले ही फैसला कर लिया था कि वह उसके साथ रहेगा, क्योंकि उसकी देखभाल करने वाला कोई नहीं था।

यदि पूरन के घर में जगह नहीं या जगह की तंगी थी, तो वह डौली के क्वार्टर में रह सकता था; लेकिन पूरन को यह स्वीकार न था।

दो-चार दिन तो मुहल्ले के लोगों से बधाई लेने में बीत गए। मां ने लड्डू भी बांटे। लोगों ने भांति-भांति की बातें कीं और पार्टी मागी, लेकिन पूरन कोई पार्टी देने को तैयार न था।

गोपालदास जब शरणार्थी बनकर इस नगर में आया था तो उसने यह तीन कमरों का मकान कब्ज़े में कर लिया था, जो सड़क पर स्थित था। नीचे दुकानें थीं और ऊपर उनका निवास स्थान।

ये टूटी-फूटी दुकानें और मकान धीरे-धीरे बाज़ार का रूप धारण करने लगे। नीचे एक ढाबा भी था। ढाबे के मालिक की पर्याप्त आय थी। और जब आय काफी बढ़ गई तो उसने तीनों दुकानों का एक रेस्टोरेंट बना डाला। दो दुकानदारों को पगड़ी देकर दुकानें खाली करवा लीं। गोपालदास को भी उसने आठ हज़ार रुपया देना चाहा, क्योंकि दुकानें उसे अलाट हुई थीं और ऊपर का मकान गोपालदास को अलाट हुआ था।

वह बिल्डिंग को गिराकर नये सिरे से बनाना चाहता था। इन कुछ वर्षों में यह उजड़ा-उजड़ा-सा बाज़ार अब बाकायदा बाज़ार बन गया था। और बाज़ार बन जाने से जायदाद की कीमत बढ़ गई थी तथा पगड़ियों की कीमत भी बढ़ गई थी।

गोपालदास इन तीन कमरों का नौ रुपये मासिक किराया देता था। और इतना बड़ा मकान अब सौ-डेढ़ सौ रुपये से कम में नये इलाकों में न मिल सकता था।

यह विवाह भी अपनी ही तरह का था। चूंकि बारात न गई थी, घर में मुहल्ले को बुलाकर गीत न गाए गए थे, कोई स्वागत-समारोह न किया गया था, इसलिए मुहल्ले वालों ने दुल्हन को शगुन न डाला था।

डौली खाली टैक्सी में आई थी, और अपने साथ दहेज की जगह अपने भाई जेम्स को लाई थी।

पहले तीन दिन तो बड़े आराम से गुज़रे। जेम्स और राज समवयस्क थे, इसलिए उनमें मित्रता हो गई।

सुषमा और रमा के लिए भाभी बिलकुल पराई थी। वे जब भी बातें

करतीं तो यूं लगता कि अस्पताल में एक नर्स से बीमारी की जांच-पड़ताल करा रही हैं।

पूरन ने बाहर पीने की आवश्यकता न समझी। अब वह स्वतंत्रता से अपने घर में, अपने कमरे में बैठकर पी सकता था।

और यह गोपालदास को पसन्द न था।

यह ही पसन्द न था, बल्कि पसन्द न आने वाली बातों का तो अभी प्रदर्शन न हुआ था।

चौथे दिन शाम को पूरन ने बोतल खोली। सोडे जेम्स छुपाकर लाया था। पूरन ने डौली को सम्मिलित होने का आमंत्रण दिया।

"मैं?" डौली ने आश्चर्य से कहा।

"हां, तुम।"

"ना बाबा, मैं अभी नई हूं। अगर तुम्हारे माता-पिता और घर वालों को पता हो गया तो मैं कहीं की न रहूंगी।"

"इसका मतलब है, अब तुम साथ न दोगी?"

"साथ!" डौली गुर्राई, "मैं ज़ानती हूं, मैंने तीन रातें किस प्रकार गुज़ारी हैं। मेरे शरीर का अंग-अंग टूट रहा है।"

"फिर संकोच कैसा?"

"तुम्हारे माता-पिता।"

"उनकी चिंता न करो। मैं दरवाज़े को कुंडी लगा देता हूं।" पूरन ने सलाह दी।

"ताकि संदेह न पड़ना हो, तो भी पड़ जाए!"

"यह तुम अक्ल की बातें करना कब से सीख गई हो?"

"मैं अब एक पत्नी हूं।"

"भाड़ में गई ऐसी पत्नी!" पूरन ने अपने गिलास में शराब डालते हुए कहा।

"क्या कहा?"

"जो तुमने सुना।" कहकर उसने गिलास मुंह से लगाया।

"तो मैं भाड़ में जाऊं?"

"और क्या!"

"अर्थात् इस विवाह से शराब अधिक कीमती है!"

"शराब और शादी अति आवश्यक हैं, और तुमने यह समझकर विवाह किया था।"

"पूरन, होश करो। तुम जो कुछ कह रहे हो वह गलत है, और इसके परिणाम से अनभिज्ञ हो।"

"तो तुम परिणाम की भी खबर रखती हो?"

"बिलकुल।"

"फिर यह विवाह केवल एक बकवास बनकर रह जाएगा।"

"लेकिन पुरन डियर, ज़रा ठंडे दिमाग से सोचो, यह सरासर गलत है।"

"अब तुम गलत और सही पर लेक्चर न दो। यदि तुम लेक्चर के मूड में हो तो पहले दो पैग पी लो।"

"मैं ऐसा नहीं कर सकती।"

"कब तक?"

"जब तक हम यहां हैं।"

"तुम्हारा मतलब है, तुम यहां से जाना चाहती हो?"

"यह मैंने कब कहा?"

"तुम कहना क्या चाहती हो?" पूरन को क्रोध आ गया था और कुछ शराब असर दिखा रही थी। उसने गिलास खाली करके दूसरा गिलास बनाया। इस बार गिलास में डबल पैग डाला। सोडा डालने की आवश्यकता न समझी और उसे एक ही बारी में खाली कर दिया।

"डार्लिंग, तम पियो, लेकिन मुझे विवश न करो। मुझे ज़रा अपने घर का वातावरण समझने का अवसर दो।"

"घर का वातावरण? मैं आत्मनिर्भर हूं।"

"वह मैं जानती हूं।"

"क्या मैंने विवाह नहीं किया? क्या कोई मेरा विरोध करने का साहस कर सका?"

"नहीं।"

"फिर तुम्हारी पवित्रता क्या महत्त्व रखती है? मैं दरवाज़ा बन्द किए देता हूं।" कहकर पूरन खड़ा हो गया।

"भगवान के लिए ऐसा न करना।"

"मैं वह करूंगा जो मुझे पसन्द है।"

"और वह नहीं जो घरवालों को पसन्द है?"

"क्या मैंने बताया नहीं था कि मेरे माता-पिता ने भी लव-मैरिज की थी! और दोनों की जाति और धर्म अलग हैं!"

"वह ठीक है।"

पूरन ने दरवाज़ा बन्द कर दिया था। वह मेज़ के निकट आ गई।

"मेरा विचार है दूसरा गिलास संदेह पैदा करेगा, इसलिए तुम मेरे गिलास से ही पी डालो।"

"डार्लिंग, मुझे विवश न करो।"

"और तुम हठ न करो।" कहकर पूरन ने गिलास बनाकर बढ़ाया।

"डार्लिंग, प्लीज़...!"

"डार्लिंग, प्लीज़!" कहकर पूरन ने गिलास बढ़ाया।

"मैं तुम्हें मुर्दा-मुर्दा नहीं देखना चाहता, और मैंने तुम्हारे साथ इसलिए विवाह नहीं किया कि मुझे रोटी बनाने वाली और बर्तन धोने वाली पत्नी न मिल सकती थी।"

"मैं अब भी कहती हूं...।"

"गिलास मुंह को लगाओ, यह मेरा आदेश है।"

डौली ने आज्ञापालन करते हुए गिलास होंठों से लगा लिया। अभी उसने आधा ही ख़ाली किया था कि दरवाज़ा खुल गया।

"भाभी!" रमा की आवाज़ आई।

डौली के तो होश उड़ गए, क्योंकि उसकी चोरी पकड़ी गई थी; लेकिन पूरन पर नशा छाया था।

"क्या बात है रमा?" पूरन ने ऊंचे स्वर में पूछा।

"मैं...मैं...!" रमा घबरा गई। उसकी समझ में न आया कि यह सब क्या हो रहा है, "मैं तो भाभी को बुलाने आई थी। मां ने कहा था कि खाना तैयार है।"

"तुम जाओ, हम खा लेंगे।"

"भाभी! क्या तुम शराब पी रही थीं?"

डौली ने यही गलती की कि गिलास खाली न किया। यदि वह गिलास खाली कर देती तो झूठ बोला जा सकता था कि कोला पी रही थी। उसने आधा गिलात मेज़ पर रख दिया था।

डौली की जगह पूरन बोला, "रमा, तुम बहुत बदतमीज़ हो। क्या तुम्हें इतना भी मालूम नहीं कि बन्द दरवाज़ा इस तरह नहीं खोलते?"

"चलो छोड़ो, बच्ची है।" डौली ने सफाई पेश की।

"इधर आओ!" पूरन गरजा।

रमा सहम गई।

"सुना नहीं! इधर आओ!" पूरन ने कहा और स्वयं भी चार कदम बढ़कर उसके पास चला गया।

"कहो भैया!"

"भैया की बच्ची! तुम्हें थोड़ी तमीज़ सिखा दूं।" कहकर पूरन ने पूरे

वेग के साथ उसके मुंह पर थप्पड़ रसीद कर दिया।

"यह क्या कर रहे हैं आप?" डौली बोली।

"तुम चुप रहो!"

"चुप कैसे रहूं! तुमने बिना किसी कारण के बच्ची पर हाथ उठाया है!"

"अकारण!" पूरन गरजा और उसने दूसरा थप्पड़ जड़ दिया।

रमा रोने लगी। डौली ने उसे बांहों में समेट लिया। "मेरी अच्छी रमा। अच्छा, अब जाओ।"

शराब का भभूका रमा के नथनों से टकराया। "भाभी, तुमने शराब पी है?"

"अच्छा, जाओ, और किसीसे कुछ न कहना!" डौली ने उसे बाहर धकेल दिया।

रमा चली गई तो डौली ने दरवाज़ा बन्द कर दिया। "यह तुमने क्या किया?"

"मैंने ठीक किया।"

"अब उसने यदि मां या पिताजी से कह दिया?"

"तो क्या मैं डरता हूं?" कहकर पूरन ने भय दूर करने के लिए गिलास में शराब डाली।

"तुमने बहुत बुरा किया। उसे पीटना नहीं चाहिए था। अब बात बिगड़ेगी। यदि मां आ गई और उसने मेरा मुंह सूंघा तो मैं क्या उत्तर दूंगी?"

"अब यहां कोई नहीं आएगा।"

"लेकिन हुआ बहुत बुरा।"

"अब तुम बोर न करो।" पूरन ने डौली के आधे गिलास में शराब डाली और अधिक सोडा डालना आवश्यक न समझा और गिलास मुंह से लगाकर खाली कर दिया।

रमा उधर रोती हुई रसोईघर में मां के पास पहुंची।

"अरी, तुझे क्या हुआ?"

"भैया ने मारा!"

"पूरन ने! क्यों? तू तो खाने के लिए कहने गई थी?"

"दरवाज़ा बन्द था। मैंने धक्का दिया तो खुल गया, और देखा कि भाभी शराब पी रही थी। मैंने कहा, भाभी, शराब पी रही हो, तो भैया ने कहा कि तू बदतमीज़ है। तुझे किसने दरवाज़ा खोलने को कहा था। और मेरे दो थप्पड़ मारे।" रमा ने रोते हुए कहा।

"ओह, ऐसी बात है! मैं पूरन से पूछूंगी। चलो, कोई बात नहीं। बड़ा भाई है। पीट दिया तो क्या हुआ! लेकिन तू यह बात अपने पिताजी से मत कहना।" मां ने कहा।

"इसकी आवश्यकता नहीं पड़ेगी।" दरवाज़े से गोपालदास की आवाज़ आई, "मैंने सब सुन लिया है।" कहकर वह रसोईघर में आ गया, "नौबत यहां तक पहुंच गई है। इसीलिए उसने इस नर्स से विवाह किया था, ताकि एक शराबी को दूसरा शराबी मिल जाए।"

"अब आप बात न बढ़ाइए।" मां ने कहा।

"बात न बढ़ाऊं! और बच्चों को पिटता देखता रहूं, रमा की मां!"

"मैं उसे समझा दूंगी।"

"क्या यही कि घर में शराब न पिए? वाह, वाह! तो ऐसी बहू घर में आई है! मैं एक शराबी से तंग आया हुआ था। और इस घर की बहू भी शराब पीती है। शेष बच्चों पर क्या प्रभाव पड़ेगा!"

"आप धीरज से काम लें। मैं कल दिन में पूरन और बहू से बात करूंगी।"

"क्या बात करोगी?"

"यही कि यह गलत है। उससे दूसरे बच्चों पर बुरा प्रभाव पड़ता है।" मां ने दबे स्वर में कहा।

"मैं शुरू से ही इस विवाह के विरुद्ध था। कहा था तुमने कि अब ज़माना आ गया है कि पति-पत्नी दोनों मिलकर कमाएं तो निर्वाह हो सकता है। और हमारा निर्वाह कैसे होता रहा है? तो अधिक आय का मतलब है कि पति-पत्नी शराब पिएं?"

"अब आप चुप भी करें।"

"मैं चुप नहीं रह सकता। मैं इस हरामज़ादे को इस मकान को खाली करने को कहता हूं।" कहकर गोपालदास आगे बढ़ा।

मां उसे रोकने के लिए जोश में उठी तो खांसी छिड़ गई। "भगवान के लिए आप सुनिए तो..."

गोपालदास ने जाकर दरवाज़े पर दस्तक दी। दरवाज़ा पूरन ने खोला और दरवाज़े में खड़ा हो गया। डौली ने जब ससुर को देखा तो बोतल उठाकर चारपाई के नीचे कर दी।

"क्या हो रहा है?" गोपालदास गरजा।

"कुछ नहीं।"

"और तुमने रमा को क्यों पीटा?"

"वह बदतमीज़ हो गई है।"

"और तमीज़ तुम्हारे हिस्से आई है, जो घर में बैठकर शराब पी रहे हो और पत्नी को पिला रहे हो!"

"पिताजी, आप अपने कमरे में जाइए।"

"क्यों?"

"मैंने कहा जो है।"

"तुम मुझपर हुक्म चला रहे हो! हरामज़ादे, यह मकान मेरा है। तुम आज तक जो कुछ करते रहे हो, मैं उसे सहन करता रहा हूं। अब मैं और सहन नहीं कर सकता। तुम दोनों शराबी अभी और इसी समय मकान खाली कर दो।"

"मकान पर मेरा उतना ही अधिकार है जितना आपका है।"

"अधिकार? उल्लू के पट्ठे! अब तू अधिकार जमा रहा है! मैं कहता हूं सामान उठाओ और इस आवारा को अपने साथ ले जाओ। यह और तुम यहां एक मिनट नहीं रह सकते।"

"और यदि न जाऊं तो?"

"डार्लिंग, प्लीज़! डैडी से इस प्रकार बात नहीं करते।" डौली बीच में कूद पड़ी।

"डार्लिंग! क्या सुन्दर शब्द है!"

"और यदि न जाऊं तो?"

"तो मैं तुम्हारा सामान उठाकर बाहर फेंक दूंगा।"

मां खांसती-खांसती वहां आ गई थी। दूसरे बच्चे भी आकर तमाशा देखने लगे थे।

"क्या तुम्हारी पत्नी ने शराब नहीं पी?"

"नहीं।"

"शराब पी रही थी। मैं मुंह सूंघकर बता सकता हूं कि कौन-सा शर्बत पी रही थी।"

"आप इस बात को जाने दीजिए। मेरे साथ आ जाइए।" शमी ने गोपालदास को बाज़ू से पकड़ा।

"तुम चुप रहो। यह सब तुम्हारा किया-धरा है। इस घर की बहू शराब पीती है। बेटा शराब पीता है। पहले पीकर घर आता था और अब इस घर में बैठकर पीने लगा है। मैं ऐसी आवारा और कुलटा को इस घर में एक मिनट नहीं रहने दूंगा।"

"पिताजी! मैं आपका लिहाज़ कर रहा हूं। अब आप चुपचाप चले जाइए, वरना..."

"वरना तू मुझे गोली मार देगा!"

"पूरन, अपने बाप से ऐसे बोला जाता है!" मां ने कहा।

"लेकिन मां! पिताजी को मना क्यों नहीं करती हो?"

कौन किसको मना करता। वहां तो एक हंगामा खड़ा हो गया था। आवाज़ें नीचे बाज़ार में भी जा रही थीं।

शमी बड़ी मुश्किल से पति को वहां से हटा सकी वरना बड़ी बात न थी कि बाप-बेटे में हाथापाई की नौबत आ जाती।

खाना हराम हो गया। बच्चों ने स्वयं ही खाना खा लिया, लेकिन गोपालदास ने खाना खाने से इन्कार कर दिया। वह अपने कमरे में टहल रहा था और घायल शेर की भांति गरज रहा था।

जब गोपालदास बोल-बोलकर थक गया तो चारपाई पर बैठकर कमज़ोर इन्सान की भांति रोने लगा।

"तो यह है हमारी संतान!" वह बार-बार कह रहा था, "यह विवाह कितने दिन चलेगा!"

8

सचमुच यह विवाह विवाह न रहा। उस दिन के उपरान्त डौली ने शराब को मुंह लगाने से इन्कार कर दिया, और पुरन ने बाहर शराब पीनी शुरू कर दी। वह पहले की भांति नशे में धुत रात को ग्यारह-साढ़े ग्यारह बजे लौटने लगा।

डौली ने स्वयं ही शराब न छोड़ी, बल्कि वह पूरन को भी विवश करती कि शराब छोड़ दे।

इसका प्रभाव विपरीत हुआ।

शाम को खाना सात बजे तक पक जाता और बच्चे खाकर अपने कमरे में दुबक जाते।

पूरन नशे में धुत जब घर पहुंचता तो डोली उसके लिए दरवाज़ा

खोलती और उसे सहारा देकर अन्दर ले जाती।

"मैं इस शराब से तंग आ गई हूं।"

"तुम कब से सती-साविली बन गई हो? क्या कोई नया यार ढूंढ़ लिया है?" पूरन ने नशे की दशा में कहा।

"यार! तो अब मुझे यार दिए जाने लगे!"

"नहीं, तुम विवाह से पहले सती-साविली थीं। और जब विवाह हुआ तो कुंआरी थीं।"

"पूरन! तुम होश में नहीं हो!"

"और मैं होश में आना भी नहीं चाहता। यह बताओ, घर में शराब है?" पूरन ने लड़खड़ाते हुए कहा।

"यहां कोई शराब नहीं।"

"क्यों नहीं?"

"क्यों नहीं से क्या तात्पर्य? यहां कौन पीता है?"

"तुम।"

"मैं?"

"हां, तुम। तुम समझती हो कि मैं जानता नहीं हूं। तुम रोज़-रोज़ छुपकर पीती हो।"

"मैं भगवान की सौगन्ध खाती हूं। मैंने उस दिन के बाद शराब को मुंह तो एक ओर, हाथ भी नहीं लगाया।"

"तो बाहर पी आती होगी।"

"पूरन, मैं आज एक बात का फैसला करना चाहती हूं।"

"अवश्य करो।"

"यदि तुम शराब नहीं छोड़ सकते, तो मैं ..."

"कहो, कहो, रुक क्यों गईं?"

"तो मैं तुम्हें छोड़ दूंगी। मैं ऐसे नेक माता-पिता की बदनामी और अपयश का कारण नहीं बनना चाहती।"

"तो तुम मुझे छोड़ दोगी?"

"हां।"

"यह तुम्हारा अन्तिम निर्णय है?"

"हां।"

"तो तुमने भी कलपुर्ज़े निकाल लिए हैं! आवारा नर्स!" कहकर पूरन ने उसे थप्पड़ मारना चाहा, लेकिन डौली हट गई। पूरन अपने शरीर को संभाल न सका और फर्श पर जा गिरा।

शमी और गोपालदास जाग रहे थे। उनके कानों में आवाजें आ रही थीं। पूरन के गिरने की आवाज़ भी पहुंची।

"पति-पत्नी में झगड़ा हो रहा है।" गोपालदास ने कहा।

"होने दीजिए। कौन-से पति-पत्नी में झगड़ा नहीं होता!"

"मैं इस आवारा और लफंगे से तंग आ गया हूं।"

"इसकी पत्नी भी तंग आ गई है। आज शाम ही वह मुझसे कह रही थी कि आज वह फैसला करके रहेगी। यदि पूरन ने शराब न छोड़ी तो वह पूरन को छोड़कर चली जाएगी।"

"अरे वाह! वह सावित्री कब से बन गई?"

"उसी दिन से जिस दिन पूरन ने रमा को पीटा था। अगले दिन उसने मुझसे क्षमा मांगी थी और प्रतिज्ञा की थी कि वह कभी शराब को हाथ भी न लगाएगी।"

"और तुमने विश्वास कर लिया?"

"वह ऐसा कर दिखाएगी।"

"कर दिखाए तो बड़ी खुशी की बात है। मैं इस विवाह के पक्ष में न था।"

"लेकिन यदि वह चली गई तो पूरन के जीवन की बागडोर थामने वाला कोई न रहेगा। उसे किसीका डर न होगा।"

"मैं क्या परवाह करता हूं!"

"परवाह क्यों नहीं! आखिर सुषमा के विवाह पर पूरन की आवश्यकता पड़ेगी।"

"और तुम्हारा विचार है कि पूरन सहायता करेगा?"

"उसने कहा था कि वह पांच हज़ार रुपया देगा।"

"पांच फूटी कौड़ियां भी नहीं देगा, जिस रफ्तार से वह शराब पी रहा है। जब सुषमा के विवाह का समय आएगा, तो वह कंगाल हो चुका होगा या उसे अपना वायदा याद न रहेगा।" गोपाल ने भारी स्वर में कहा, "शमी! हम संतान से बहुत-सी आशाएं रखते हैं और जब वह पूरी नहीं होती हैं तो हम निराश हो जाते हैं। मुझे पूरन से कोई आशा नहीं।"

"फिर सुषमा का विवाह कैसे होगा?"

"तुम मां हो। तुमने कुछ तो बचाया होगा।"

"चार कपड़े होंगे, और मेरा थोड़ा-सा ज़ेवर।"

"खैर, जब विवाह होगा तो कोई रास्ता निकल आएगा।"

"क्या आपको कर्ज़ा मिल सकता है?"

"स्कूल से या किसी बनिये से?"

"मेरा मतलब स्कूल से है।"

"हां।"

"कितना?"

"डेढ़ पौने दो हज़ार।"

"लेकिन इस रकम से तो विवाह न हो सकेगा।"

"शमी! विवाह संयोग की बात है और लड़की अपने भाग्य का लेकर जाती है। सुषमा के भाग्य में जो लिखा होगा वह उसे मिल जाएगा।"

"लेकिन मैंने तो कुछ और ही सोचा था।"

"क्या?"

"डौली बुरी नहीं। वह अपने वेतन से दहेज तैयार कर सकती है। फिर हमने उसे कभी नहीं कहा कि वह दहेज क्यों नहीं लाई।"

"इससे क्या अन्तर पड़ता है?"

"वह अब इस घर की सदस्य है और अपनी ज़िम्मेदारी को समझती है।"

"फिर क्यों चिन्ता करती हो?"

"चिन्ता इसलिए करती हूं कि यदि उसने पूरन को छोड़ दिया, तो बात कैसे बनेगी?"

"शमी! तुम सपनों की दुनिया में रहती हो। आज के ज़माने में कोई अपना नहीं। हर कोई स्वार्थ का शिकार है। हर किसीको अपनी ही चिन्ता है।"

"फिर यह बोझ कैसे उतरेगा?"

"तुम तो यूं चिन्तातुर हो रही हो जैसे सुबह विवाह हो रहा है। भागवान, जब समय आएगा तब प्रबन्ध भी हो जाएगा। अब सो जाओ। पूरन और उसकी पत्नी भी लड़-झगड़कर सो गए हैं। कोई आवाज़ नहीं आ रही है।"

"हूं।" शमी ने थोड़ी देर बाद गहरी सांस ली और करवट बदल ली।

9

डौली ने दफ्तर का दरवाज़ा खोला और झिझककर अन्दर झांका। भीतर एक सरदार और एक अधेड़ आयु का पुरुष बैठे थे। व्हिस्की की बोतल

मेज़ पर थी और दोनों के आगे गिलास पड़े थे।

"हैलो सरदार! मैं भीतर आ सकती हूं?"

"डौली! माई डार्लिंग! तुम इधर का रास्ता कैसे भूल पड़ीं? आओ—आओ—अन्दर आओ।"

डौली भीतर आ गई। कमरे में एयर कंडीशनर काम कर रहा था, और बाहर की तपती हवा से मुक्ति दिला रहा था। फर्श पर मखमली कालीन था। एक ओर सैटी पड़ी थी, जिसपर डनलप का गद्दा था।

डौली खाली सीट पर बैठ गई।

"वह सामने से अपने लिए गिलास उठा लो।" सरदार ने कहा।

"मैं नहीं पीऊंगी।" डौली ने कहा।

"यह मैं क्या सुन रहा हूं? तुम और शराब को इन्कार कर दो!"

"मैंने तौबा कर ली है।"

"सुना है तुमने विवाह भी करा लिया है। एक दिन मैं तुम्हारे अस्पताल गया था। वहां सिस्टर से पता चला कि तुमने विवाह करा लिया है।"

"हां, कराया तो है।" डौली ने ठंडी सांस ली।

"बड़ी ठंडी सांस ली है?"

"यूं ही।"

"इसका मतलब है, विवाह से संतुष्ट नहीं हो?"

विवाह पुरुष से स्त्री कराती है और वह शराबी है। हर रात ग्यारह-साढ़े ग्यारह बजे शराब के नशे में धुत घर में आता है—जो वाही-तबाही बकी और अपनी चारपाई पर लेटकर खर्राटे लेने लगा। इधर मैं अपनी चारपाई पर भट्ठी की भांति तपती रहती हूं।" डौली ने कहा।

"फिर तो तुम्हें शराब की सख्त ज़रूरत है। अब संकोच छोड़ो और गिलास उठाओ। हम दोनों तो यूं ही बोर हो रहे हैं। इनसे मिलो, यह

मिस्टर सहगल हैं। यहां एक फर्म के मैनेजिंग डाइरेक्टर है"।

"नमस्ते।" डौली ने हाथ जोड़े।

सहगल ने सिर को हल्का-सा झटका दिया। वह उसका सिर से पांव तक निरीक्षण कर रहा था।

"अच्छा अब गिलास उठाओ। तुम क्यों ऐसे पति के भ्रम में दुबली हो रही हो? तुमने तो सोशल लाइफ ही समाप्त कर दी है।" सरदार ने कहा।

"सोशल लाइफ? एक शराबी की पत्नी की सोशल लाइफ क्या हो सकती है! खर्राटों की आवाज़!"

"यह शराब कैसे छोड़ी?"

"इसका एक कारण है। उसके माता-पिता को पसन्द न थी।"

"और उसे?"

"वह इसी बात पर नाराज़ है कि मैं पीती क्यों नहीं।" कहकर वह सहगल से सम्बोधित हुई, "मिस्टर सहगल, मैं सिगरेट ले सकती हूं?"

"अवश्य।" सहगल ने पैकेट बढ़ा दिया। उसने सिगरेट निकालकर पेश न किया। वह ऐसी औरतों की कीमत जानता था।

"अब गिलास उठा लो और आज ज़िन्दगी को आमन्त्रण दो। यह जीवन कुछ दिनों का है। शराब छोड़ने से तो जीवन खाली हो जाता है, और निर्जीव भी।"

"आप विवश करते हैं तो मैं एक पैग पी लेती हूं।" कहकर डौली गिलास उठाने के लिए खड़ी हो गई।

"एक पैग से तुम्हारा क्या बनेगा?"

"सचमच मैं एक पैग पीऊंगी।"

"वह देखा जाएगा। तुम शुरू तो करो। मैं जानता हूं, एक पैग तुम्हारे

कहने का ढंग बन गया है।"

"नहीं सरदार! सच आज सिर्फ एक पैग ही पीऊंगी।" कहकर उसने गिलास मेज़ पर रख दिया।

सरदार ने उसमें डबल पैग डाल दिया, "सोडा डालूं?"

"ज़रूर।"

"उसने बराबर का सोडा डाल दिया, "लो जाम उठाओ।"

डौली ने गिलास उठाया। 'चिअर्ज़' कहा और होंठों को लगाया। हल्का-सा छूंट भरकर गिलास मेज़ पर रख दिया, "बहुत कड़वी है। थोड़ा सोडा दो।" उसने कहा।

"यह सोडा कब से शुरू कर दिया?"

"क्या आप नहीं बोलते?" डौली सहगल से बोली।

"बोलेंगे, जब तुम दो पैग पी चुकोगी।"

"लेकिन मैं केवल एक पैग ही पीऊंगी।"

"अब कितनी बार कहोगी, मैं समझ गया हूं। यह बताओ, कितने दिनों बाद पी रही हो?"

"तीन मास बाद।"

"फिर तो बहुत प्यासी होगी।"

डौली मुस्करा दी। उसने गिलास उठाया और इस बार दो-तीन छूंट भरे। सिगरेट का कश लेते हुए उसने कहा, "सचमुच जीवन अजीर्ण हो गया है।"

"तुम्हें किसने राय दी थी कि विवाह करा लो? तुम्हारा विवाह तो हर शाम हो सकता है। और वह क्या..."

"अब मैं क्या जानती थी कि हिन्दू ब्रह्मचर्य का पालन करते हैं — लेकिन पत्नी के साथ! यह मैं न जानती थी।"

"फिर क्या इरादा है?"

"मैं उस शराबी को तलाक दे रही हूं।"

"बहुत खूब! विवाह हुए कितने दिन हुए हैं?"

"तीन मास।" कहकर डौली ने गिलास उठाया, मुंह को लगाया और खाली करके मेज़ पर रख दिया।

"मंगनी कितने मास रही?"

"पांच।"

"फिर तो इस विवाह का जवाब नहीं। इसका मतलब है, मंगनी की आयु विवाह की उम्र से अधिक थी?"

"बिलकुल।"

"तीन मास में फैसला कर लिया कि विवाह असफल हो गया?"

"सरदारजी, मैं एक हाड़-मांस की स्वस्थ नारी हूं। खर्राटों की आवाज़ लोरी का काम नहीं दे सकती।"

"वह तो ठीक है।" कहकर सरदारजी डौली के खाली गिलास में व्हिस्की डालने लगा।

"खैर, मेरे जीवन में एक रिकार्ड स्थापित हुआ है।" सहगल ने खुश होकर कहा।

"मैं तो समझी थी, आप बोलते ही नहीं।" डौली हंसकर बोली।

"देखती जाओ।"

"हां, क्या रिकार्ड था?"

"एक लड़का और एक लड़की तीन वर्ष तक प्रेम करते रहे। फिर विवाह हो गया और विवाह के चौथे दिन लड़की ने तलाक की दरखास्त दे दी।"

"वाह, वाह, सचमुच यह तो रिकार्ड-तोड़ बात हुई। प्रेम की अवधि तीन वर्ष और विवाह की तीन दिन!" डौली ने दाद दी।

"इस लिहाज़ से तो मैं बहुत सफल हूं।"

"तम्हें घर का काम करना पड़ता था?" सरदार ने पूछा।

"बिलकुल नहीं। सुबह नाश्ता या खाना खा लिया और अस्पताल चली गई। सास और ननद सुबह-शाम खाना बनाती थीं और वे ही बर्तन साफ करती थीं। कपड़े धोना और घर में झाड़ू लगाना भी उन्हींके ज़िम्मे था।"

"फिर तो ऐसा घर दुबारा न मिल सकेगा।"

"लेकिन इन खर्राटों का क्या करूं?" कहकर डौली ने दूसरा गिलास भी खत्म कर डाला।

"अब अपना गिलास आप ही बनाओ।" सरदार ने कहा।

"बस, अब और नहीं।"

"यह कैसे सम्भव है! खाली गिलास से मुझे घृणा है।"

"अच्छा तो, थोड़ी-सी डाल लेती हूं।" कहकर पूरा पैग डाला।

"बात यह है कि अरसे के बाद पी रही हूं। इसलिए तनिक डर रही हूं।"

"डरने की बात नहीं। यदि तुम्हारी जैसी औरतें सोशल लाइफ खत्म कर दें, तो हम जैसे लोगों का क्या बनेगा?"

"सरदार! तुम बूढ़े नहीं हो सकते। शायद ही कोई दिन होगा जिस दिन यहां लड़की नहीं आती। कभी-कभी तो मैं सोचती हूं कि तम्हारी पत्नी क्या कहती होगी! और आखिर तुम साधारण व्यक्ति हो। मैं तुम्हें अरसे से जानती हूं। यहां से जाने के पश्चात् तुम पत्नी के योग्य नहीं रहते होगे।"

"तुम तो बहुत कुछ जानती हो।" सरदार झेंप गया। वह ऐसी सचाई को सहन न कर सकता था।

"सहगल साहिब, आप बिलकुल नहीं बोलते?" डौली ने विषय बदला।

"अभी मेरे बोलने का समय नहीं आया। यों तुम्हारी बातें भी इतनी दिलचस्प नहीं कि मैं बैठा सुनता रहूं।"

"तो आपका नक्शा खींचूं?"

"मेरा नक्शा?" सहगल चौंक पड़ा।

"जी हां।"

"लेकिन हमारी पहली भेंट है। और मैंने दो-तीन बातें की हैं। वह भी सरसरी।" सहगल उस स्त्री में दिलचस्पी लेने लगा।

"मैं इसके विपरीत आपका नक्शा खींच सकती हूं।"

"डौली, बोर न करो। शराब पीकर होश की बातें नहीं करते।" सरदार बोल पड़ा।

"सरदार, तुम मुझे रोक रहे हो?"

"बिलकुल नहीं।"

"तो तुम मज़ाक समझ रहे हो?"

"नहीं।"

"सरदार क्या समझ रहा है, मैं नहीं जानता। यद्यपि यह मेरे लिए आश्चर्य की बात है कि आप एक नर्स नहीं बल्कि मनोवैज्ञानिक हैं।" सहगल ने व्यंग्य किया।

"मैं सचमुच मनोवैज्ञानिक हूं। एक नर्स की हैसियत से मैं सैकड़ों रोगियों से मिल चुकी हूं।"

"और पहली भेंट में उसके सम्बन्ध में सब कुछ बता सकती हैं। लेकिन मैं एक रोगी नहीं।" सहगल ने कहा।

"आप मज़ाक समझ रहे हैं, और मैं गंभीर हूं।"

"पहले यह बताइए कि आप मुझपर इतनी मेहरबान क्यों हैं?"

"यूं ही।"

"और जब आप मनोवैज्ञानिक हैं तो विवाह से पहले के मरीज़ों में आप अपने के पति को क्यों न समझ सकीं?"

"मेरा विचार था कि मैं उसकी व्हिस्की छुड़ा दूंगी।"

"और वह विचार गलत सिद्ध हुआ?"

"जी हां।"

"डौली बोर न करो।" सरदार बोला।

"मैं बोर नहीं कर रही हूं। सहगल साहिब मेरी बातों में दिलचस्पी ले रहे हैं। क्यों मिस्टर सहगल?"

"आप उचित फरमा रही हैं।"

"तो आपके बारे में बयान करूं?"

"अवश्य।"

"आपको बचपन में ही किसी ऐसे गम का शिकार होना पड़ा जिसने आपपर एक गहरा प्रभाव छोड़ा और वह असर आज तक स्थिर है। इसीलिए आप इतने गंभीर हैं।"

सहगल चौंक पड़ा, "यह बात किसी सीमा तक सही है; लेकिन वह दुर्घटना क्या हो सकती है?"

"किसीकी मौत। बताइए, मैं ठीक कह रही हूं?"

"बिलकुल। मेरी माताजी का देहान्त।"

"जवानी में आपने प्रेम किया और निराश होना पड़ा। निराशा से मेरा अभिप्राय है असफलता। आजकल तो इस प्रकार का प्रेम नहीं करते।"

"आजकल किस प्रकार का प्रेम करते हैं?"

"दौलत के तराज़ू में तोलकर।"

"खैर, यह भी किसी हद तक ठीक है।"

"उस प्रेम की असफलता ने आपको और भी गंभीर बना डाला और आप एकान्तप्रिय हो गए। आपको एकान्त पसन्द है।"

"ठीक।"

"और बताऊं?"

"अवश्य।" सहगल प्रभावित हो गया।"

"आप स्त्रियों के मामले में बहुत ही नीरस हैं। बिलकुल। सच तो यह है कि किसी सीमा तक निर्दय हैं।"

"निर्दयता का विवरण दो।"

"आपने कई स्त्रियों का दिल तोड़ा है। उन स्त्रियों का जो आपके साथ शारीरिक सम्पर्क चाहती थीं, बल्कि तड़प रही थीं। और आपने उन्हें कोई लिफ्ट न दी, बल्कि उन्हें झटक दिया या उन्हें ठुकरा दिया।"

सहगल चुप रहा।

"आपने स्वीकार नहीं किया, लेकिन यह सच है। आप औरतों के मामले में बहुत निर्दय हैं। आपने किसीकी भावनाओं को स्वीकार नहीं किया। उन्हें सदा गलत सोचने पर विवश किया।" डौली ने कहा।

"मैंने गलत सोचने पर विवश किया या उन्होंने गलत धारणा पैदा की थी।"

"एक ही बात है।" डौली ने विजयात्मक स्वर में कहा।"

"डौली, तुम व्यक्तिगत बातें करने लगी हो।" सरदार बोला।

"सरदार! तुम भी कम नहीं। तुम अपनी पत्नी को जिस ठंडेपन से मिलते हो वह भी एक प्वाइंट है।"

"अब मुझे क्यों निशाना बना रही हो?" सरदार ने दबे शब्दों में विरोध किया।

"तुम बेवफा हो।"

"वफा किस बला का नाम है?" सरदार को ताव आ गया। "क्या इस समय तुम अपने पति से वफा कर रही हो?"

"मेरी बात छोड़ो। मैंने जब फैसला कर लिया कि पति को छोड़ दूंगी, तब मैं यहां आई हूं।"

"तुम और तुम्हारे फैसले तुम्हारे वायदों की भांति बेमानी हैं।" सरदार ने कहा।

"मेरे वायदे?"

"हां। तुम कितनी बार कह गई हो कि कोई सोलह-सत्रह वर्ष की लड़की लाओगी? क्या यह झूठ है?"

"नहीं।"

"फिर?"

"सरदार!"

"कहो।"

"आज सच जानना चाहते हो?"

"हां।"

"एक सोलह वर्ष की लड़की से सेक्स की आशा रखना बिल्कुल मूर्खता है। सेक्स को समझने के लिए अनुभव की आवश्यकता है। फिर यह बताओ, मुझमें क्या कमी है?"

"जवाब नहीं!" सहगल बोल पड़ा।

"देखा सहगल साहिब, कितनी जल्दी कायल हो गए! सहगल साहिब तुमसे अधिक सेक्स को समझते हैं। सरदार, तुम केवल नारी को बिछौना समझते हो। तुम क्या जानो, सेक्स क्या बला होती है!"

"और सहगल जानता है?" सरदार ने फिर ताव खाया।

"तुमसे बेहतर।"

सहगल ने सिगरेट सुलगाया और मुस्कराहट सिगरेट के धुएं तले दबा दी। उसे डौली पसन्द आ गई थी। अब तक तो वह डौली को केवल एक शराबी नर्स ही समझ रहा था—एक सस्ती और घटियासी औरत; लेकिन अब एकाएक उसे इस सस्ती और घटिया औरत के अन्दर एक अनुभवशाली नारी नज़र आ गई थी, जो सेक्स की पूरी जानकारी रखती थी। सहगल को ऐसी स्त्रियां पसन्द थीं। वह वास्तव में सेक्स के मामले या नारियों के मामले में बेदह क्रूर था। लेकिन वे औरतें सेक्स से कदाचित्

अनभिज्ञ थीं। उन औरतों का सेक्स के बारे में कोई अनुभव न था।

"फिर क्या बात बनी?" सरदार ने बेतुकी बात की।

"कैसी बात?"

"वह लड़की बुला रही हो या नहीं?"

"फिर मुर्गे की एक टांग! सरदार, तुम बिलकुल ही अनाड़ी हो। क्यों मिस्टर सहगल?"

सहगल ने उत्तर न दिया। वह सरदार को नीचा न दिखाना चाहता था। सचमुच यह स्त्री उस पति की पत्नी बनने योग्य न थी जो शराब पीकर खर्राटे ले सकता हो।

"सहगल साहिब! आप जवाब न देंगे?" सरदार बोला।

"मुझे इनका उत्तर मिल गया है।"

"मिल गया है?"

"हां। उनकी खामोशी ही जवाब है। यह मुझे समझते हैं और मैं इन्हें समझती हूं।"

"फिर मैं कमरे से बाहर जाऊं?" सरदार ने खड़े होकर कहा।

"नहीं, नहीं।" सहगल बोला।

"जाने दो। उसे केवल सोलह-सत्रह वर्ष की लड़कियां चाहिए। यह सरदार अव्वल दर्जे का अनाड़ी है।" कहकर डौली ने भरपूर कहकहा लगाया।

"लो मैं चला!" कहकर सरदार चला गया।

"कमरे में अब केवल एयरकंडीशनर के चलने की आवाज़ आ रही थी। डौली और सहगल चुपचाप व्हिस्की पी रहे थे और सिगरेट के कश ले रहे थे। उनकी ठीक वही दशा थी जो उन दो पहलवानों की होती है जब उन्हें दंगल के लिए अखाड़े में उतरना पड़ता है।

"कहां खो गए?" डौली ने आमंत्रण दिया।

"कहीं नहीं।"

"कोई बात करो।"

"हम बातों में विश्वास नहीं रखते।"

"तो फिर ठीक है। जिस चीज़ में विश्वास रखते हो, वही करो।" कहकर डौली मुस्करा दी।

10

डौली ने जैसा कहा था वैसा कर दिखाया। उसने कचहरी में तलाक का प्रार्थनापत्र दे दिया, और वजह यह बयान की कि पूरन सेक्स के मामले में ठंडा है।

पूरन ने इसे अपना व्यक्तिगत अपमान समझा और मुकदमे की पैरवी न की। इसलिए डौली को तलाक मिल गया।

इस घटना ने पूरन की शराब को और बढ़ा दिया। वह इतनी पीने लगा कि कई बार घर आता तो उसकी जेब खाली होती। एक बार किसीने घड़ी उतार ली। और एक बार तो बुश्शर्ट भी उतर गई।

कई बार चोटों के साथ घर पहुंचा।

फिर नौबत यहां तक पहुंच गई कि वह गली में आकर गिर जाता और रात को उसे उठाकर घर लाना पड़ता। गली के लड़के उसका मज़ाक उड़ाते और नारे लगाते :

"शराबी आ गया!"

"शराबी आ गया!"

वह बच्चों पर बिगड़ पड़ता और जब उन्हें मारने को कदम उठाता तो कदम लड़खड़ा जाते और वह धड़ाम से गली में गिर पड़ता। बच्चे तालियां बजाकर भाग जाते।

"रमा की मां!" एक दिन गोपालदास पत्नी से सम्बोधित हुआ, "अब तो इस मुहल्ले में रहना मुश्किल हो गया है। सारी इज़्ज़त धूल में मिल चुकी है।"

"यह सब उस क्रिश्चियन लड़की की वजह से है।" मां ने बेटे की सफाई पेश की।

"उसकी वजह से? वह तो इसे रास्ते पर लाना चाहती थी, लेकिन यह ही तैयार न हुआ। तलाक मिला तो इसकी वजह से।"

"अब मैं उसका विवाह कर दूंगी।"

"तुम अभी और विवाह करना चाहती हो? क्या एक विवाह से जी नहीं भरा?"

"मैं इस बार हिन्दू लड़की से विवाह करूंगी।"

"और वह क्या करेगी? डौली ने तो कुछ मास काटे भी, हिन्दू लड़की तो कुछ दिन न काटेगी।"

"नहीं।"

"अब यह तुम्हारी ज़िद है। विवाह ही करना है तो सुषमा के विवाह की चिंता करो।"

"वह भी हो जाएगा।"

"हो जाएगा?" गोपालदास बोला, "तुम तो यूं बोल रही हो जैसे कोई लड़का देख लिया है।"

"जी हां।"

"जी हां?"

"बिलकुल।"

"कौन है?"

"इंग्लैंड में काम करता है। परसों एक मास की छुट्टी पर आया है। आज दरसी की मां ने बात की थी। वह दस-बारह दिन के भीतर विवाह चाहता है।"

"दस-बारह दिन में? इतनी जल्दी प्रबन्ध कैसे हो सकता है? फिर लड़का वहां क्या करता है?"

"क्या करता है? इंग्लैंड में तो कुलीगिरी भी करता होगा तो इस देश के सेक्शन अफसर से अच्छा कमा लेता होगा।"

"क्या माता-पिता हैं?"

"सब हैं। माता-पिता, भाई-बहन। उन्हें केवल लड़की चाहिए।" मां ने कहा।

"दहेज?"

"दहेज की कोई आवश्यकता नहीं। जो ज़ेवर और कपड़े लड़की को देंगें वे बहुत हैं। रेडियो, मशीन, फर्नीचर, बर्तन, बिस्तरों की आवश्यकता नहीं। उन्होंने कहा है कि वे चीज़ें विलायत नहीं जा सकती हैं। केवल लड़की के कपड़े और गहने चाहिए।"

"इसपर भी तीन-चार हज़ार रुपया उठ जाएगा। और दस-बारह दिनों में यह प्रबन्ध कैसे होगा?"

"तीन-चार हज़ार के कपड़े, गहने। रुपया जेब में हो तो एक दिन में खरीदे जा सकते हैं। शेष बारात का खाना। इसपर हज़ार-डेढ़ हज़ार उठ जाएगा।"

"अर्थात् पांच हज़ार रुपये?"

"हां।"

"और यह रकम कहां से आएगी?"

"मैंने कहा था कि पूरन ने पांच हज़ार रुपया जोड़ रखा है।"

"लेकिन वह कितने मास पुरानी बात है। क्या इन दिनों भी बात की है कि वह पांच हज़ार देगा या नहीं?"

"क्यों नहीं देगा?"

"मैं बिलकुल विश्वास नहीं कर सकता। शमी, विश्वास करो, वह

एक फटी कौड़ी भी न देगा।"

"खैर, लड़कियों के भाग्य में जो लिखा होता है, वह उन्हें मिल जाता है और विवाह संयोग की बात है। जब संयोग निकलता है तो दस दिन क्या पांच दिन में विवाह हो जाता है।"

"और वह विवाह छ: मास भी नहीं चलता।"

"यह आपका भ्रम है।"

"तुमने लड़का देखा है?"

"वह कल आ रहा है, सुषमा को देखने।"

खैर, जहां तक सुषमा का सम्बन्ध है, वह उसे पसन्द आ जाएगी। सुषमा ने तुम्हारा सौंदर्य और तुम्हारा रूप पाया है।"

"फिर चिंता कैसी?" शमी थोड़ा सोचकर बोली, "एक उपाय है।"

"कहो।"

"हमें इस मकान की कितनी पगड़ी मिल सकती है?"

"ओह!" गोपालदास ने गहरी सांस ली।

"किस सोच में खो गए?"

"पगड़ी तो मिल सकती है, लेकिन इसके बाद इतना सस्ता मकान नहीं मिल सकेगा। अब एक कमरे का किराया चालीस रुपये है...।"

"हम एक कमरे में रह लेंगे, लेकिन मैं यह अवसर खोना नहीं चाहती। ऐसा अच्छा लड़का है, जिसकी कोई मांग नहीं, जो विलायत में काम करता है। मैं उसे खो नहीं सकती। आप कल ही दलाल से बात करें। दो-तीन दिन में सौदा कर दें।"

"तो यह तुम्हारा अंतिम फैसला है?"

"अब क्या जवान लड़की को आयु-पर्यन्त घर बिठाना है?"

"घर तो नहीं बिठाना है, लेकिन घर फूंककर तमाशा भी नहीं देखना है। लोगों की लड़कियां पढ़-लिखकर नौकरी कर लेती हैं, और इस नौकरी

से दहेज तैयार हो जाता है।"

"जितना हम उसे पढ़ा सकते थे, पढ़ा लिया। फिर पूरन को अधिक पढ़ाकर हमें क्या मिला?"

"इसीलिए तो मैं कहता हूं कि इस घर की पगड़ी लेकर हम कहीं के न रहेंगे।"

"अब मेरे जीवन का कोई भरोसा नहीं। मेरी बीमारी का कोई इलाज नहीं। मैं चाहती हूं कि एक लड़की के हाथ तो पीले कर दूं। दूसरी के समय मैं जीवित रहती हूं या नहीं, यह तो भगवान ही जानता है। मैं इस अवसर को हाथ से जाने न दूंगी। आप कल सुबह दलाल से मिलें। यह विवाह होगा और अवश्य होगा।"

"यदि तुम्हारा यही विचार है तो मैं क्या बोल सकता हूं।"

"हमारी इसीमें भलाई है।"

अगले दिन पूरन काम पर जाने लगा तो मां ने रोक लिया।

कमरे में कोई न था। मां ने बात शुरू की, "पूरन बेटा, आज एक लड़का सुषमा को देखने आ रहा है।"

"हूं" तो तुमने यूं कहा है जैसे यह मामूली बात हो!"

"मां, तुम मुझसे क्या आशा रखती हो? मैं सुन रहा हूं जो तुम कह रही हो। लड़का सुषमा को देखने आ रहा है।"

"और तुमने यह जानना उचित न समझा कि लड़का कौन है, क्या करता है!" मां ने जोश में कहा, "तुम बड़े भाई हो, और तुम्हें इस बात का ध्यान होना चाहिए कि तुम्हारी बहिन विवाह योग्य हो गई है।"

"मां, स्वयं ही बता दो कि लड़का क्या करता है। कौन है। कहां का रहने वाला है। क्या काम करता है। कितना पढ़ा है।"

"लड़का विलायत में काम करता है; और एक मास की छुट्टी आया है। उसके माता-पिता दस दिन के भीतर ही विवाह मांगते हैं।"

"दस दिन के अन्दर-अन्दर?"

"हां, और इसके बाद लड़का सुषमा को अपने साथ विलायत ले जाना चाहता है।"

"बड़ी खुशी की बात है।"

"और इस खुशी को तुम ही स्थिर रख सकते हो।"

"मैं इस खुशी को स्थिर रख सकता हूं—वह क्योंकर?"

"तुम जानते हो कि घर की दशा क्या है; एक दिन तुमने कहा था कि बैंक में तुम्हारा आठ हज़ार रुपया पड़ा है; और इसमें से पांच हज़ार तुम सुषमा के विवाह पर खर्च करोगे।"

"यह कब की बात कर रही हो?"

"कब की!" मां का दिल बैठ गया। "क्या तुम्हें इतना भी याद नहीं?"

"याद है; लेकिन यह तो एक वर्ष पुरानी बात है।"

"हां। एक वर्ष पुरानी ही सही। तो तुम वह रुपया बैंक से निकलवा लो।" मां ने कहा।

"कौन-से बैंक से?"

"क्या मतलब?" मां का माथा ठनका। उसके पति ने रात ठीक ही कहा था कि वह फूटी कौड़ी भी न देगा।

"मतलब साफ है मां! मेरे पास कोई रुपया नहीं।"

"तो तुमने उस दिन झूठ बोला था?"

"नहीं।"

"फिर?"

"डौली वह रुपया ले गई।"

"लेकिन तुमने डौली को न कोई ज़ेवर बनवाकर दिया था, न कोई

कीमती साड़ी लेकर दी थी। वह कैसे ले गई?"

"मां, अब मैं हिसाब-किताब नहीं खोल रहा हूं। मैंने कह दिया है कि मेरे पास कोई पैसा नहीं।"

"बेटा, सुषमा तुम्हारी बहिन है। तुम इतने वर्ष से कमा रहे हो। क्या उसका उत्तरदायित्व तुमपर नहीं आता?" मां ने कहा।

"आता होगा, लेकिन मैं विवश हूं।"

"आखिर कितना रुपया है?"

"एक पैसा नहीं।" वह बोला।

"एक पैसा नहीं! यानी तुम एक पैसा भी नहीं दे रहे हो! तुमने विश्वास दिलाया था कि तुम बच्चे नहीं हो, उत्तरदायित्व को समझते हो और तुमने बहिन के विवाह के लिए पांच हज़ार रुपया रख छोड़ा है। यदि पांच हज़ार नहीं, तो जितना है वही बता दो।"

"मां! अब बैंक में एक पैसा भी नहीं। एक वर्ष से मैंने ट्यूशन बढ़ाना भी बन्द कर दिया है।"

"तो तुम्हारे पिताजी ठीक कहते हैं।"

"क्या कहते हैं?"

"कि तुमने सारा रुपया शराब की भेंट कर दिया है।"

"शराब! शराब! न मालूम तुम सब मेरी शराब के शत्रु क्यों बने बैठे हो!"

"यह एक बेटा मां से कह रहा है! जो रुपया एक विवाह पर खर्च होना चाहिए था वह शराब पर खर्च हो गया है। तुम्हें यह कहते लाज नहीं आई!"

'मां, मैं कह चुका हूं कि डौली ले गई।"

"यह झूठ है।"

"तो झूठ ही सही।" पूरन ने कटु स्वर में कहा।

"पूरन, यह मज़ाक का समय नहीं। बताओ, क्या उपाय कर सकते

हो और कितना रुपया दे सकते हो?”

“मैं कोई उपाय नहीं जानता।”

“क्या स्कूल से एडवांस नहीं मिल सकता? तुम्हारे पिताजी को अधिक से अधिक डेढ़ हज़ार रुपया मिल सकता है। तुम्हें तो उससे अधिक मिल सकता होगा।”

“मिल सकता है, लेकिन मैंने वहां से भी एडवांस ले रखा है।” पूरन ने उत्तर दिया।

“और मित्रों से?”

“मेरा कोई मित्र नहीं जो मुझे कर्जा दे सके।”

“तो तुम्हारी यह दशा है; और घर में दो लड़कियां हैं!”

“अब मैंने तो नहीं कहा था कि पैदा करो।”

“निर्लज्ज! ज़ुबान बन्द कर! मैं नहीं जानती थी कि तू इतना नीच भी हो सकता है, और मां को ऐसी बात भी कह सकता है। ...तो शराब ने तुम्हें इतना बेगैरत बना डाला है!” मां का कंठ अवरुद्ध हो गया।

“अब मेरे पास व्यर्थ की बातों का उत्तर नहीं।”

“ये व्यर्थ की बातें हैं?”

पूरन निरुत्तर रहा।

“इससे तो उचित था कि मैं अपनी कोख खाली रखती। ऐसी संतान को जन्म देने से तो बांझ रहना बेहतर था।” कहकर मां रोने लगी; लेकिन रोने के साथ ही उसे खांसी छिड़ गई।

पूरन उसे उसी अवस्था में छोड़कर चला गया।

पूरन के जाने के बाद रमा कमरे में आ गई। उसने मां को पानी का गिलास दिया और फिर पीठ की मालिश करने लगी।

“मां, तुम अपनी जान दे दोगी। पूरन भैया बदल चुके हैं। तुम खामखाह उनसे बात करती हो। वह केवल शराब पी सकते हैं और

नालियों में गिर सकते हैं।"

"न मालूम हमारा क्या बनेगा!"

"क्यों?"

"आज लड़का सुषमा को देखने आ रहा है। और वे केवल दस दिन के भीतर विवाह मांगते हैं।"

"लड़का दीदी को देखने आ रहा है?"

"हां।"

"क्या काम करता है?"

"विलायत में काम करता है। विवाह के उपरान्त उसे अपने साथ ही ले जाएगा।"

"फिर तो बड़ी ख़ुशी की बात है।"

"ख़ुशी की बात तो है, लेकिन विवाह कैसे होगा और पैसे कहां से आएंगे?"

"और वह रुपया तुमने पूरन भैया से मांगा था?"

"उसने एक वर्ष पहले कहा था कि उसने पांच हज़ार रुपया सुषमा के विवाह के लिए रख छोड़ा है। और आज कहता है कि उसके पास एक फूटी कौड़ी भी नहीं।"

"फिर क्या होगा मां?"

"ख़ैर, विवाह तो होगा।"

"क्या लड़के वाले मान गए हैं?"

"मैं जानती हूं वे मान जाएंगे। उन्हें केवल सुन्दर लड़की चाहिए। और सुषमा सुन्दर है, स्वस्थ है और हायर सैकेण्डरी पास है।"

"फिर क्या होगा मां?"

"देखो!"

"लेकिन कुछ तो सोचा होगा?"

"मैंने तुम्हारे पिताजी से रात कहा था कि दलाल को कहकर इस मकान की पगड़ी ले लें।"

"पगड़ी?"

"हां।"

"कितनी मिल जाएगी?"

"जिसने नीचे दुकानें बनाई हैं उसे ही ज़रूरत है। एक बार वह छः-सात हज़ार दे रहा था। अब न मालूम क्या दे।"

"और हम कहां जाएंगे?"

"दूसरे मकान में।"

"क्या दूसरा मकान मिल गया है?"

"दलाल दिला देगा।"

रमा की खुशी का पारावार न था। उसके नन्हे-से दिमाग में इस बात से कोई सरोकार न था कि वह कहां रहती है। घर में विवाह हो, इससे बड़ी बच्चे के लिए खुशी की बात क्या हो सकती है! वह यह सूचना देने सुषमा के पास चली गई।

"सुना दीदी?"

"क्या?"

"तुम्हें कोई देखने आ रहा है। मां कहती है, लड़का विलायत में काम करता है, और तुम्हें अपने साथ विलायत ले जाएगा–हवाई जहाज़ में बिठाकर। देखा, मैं ना कहा करती थी, निराश होने की जरूरत नहीं। भगवान सब ठीक कर देंगे। और तुम कहा करती थीं कि हमें अच्छे लड़के न मिलेंगे।...मेरी दीदी विलायत जाएगी। विलायत हवाई जहाज़ में बैठकर!" कहकर रमा बहिन से लिपट गई।

11

मां का अनुमान सही सिद्ध हुआ। लड़के को सुषमा पसन्द आ गई, और उन्होंने विवाह मांग लिया।

इधर भगवान ने साथ दिया। दुकानों के मालिक को इस मकान की बहुत आवश्यकता थी। तीन कमरों का मकान और कुछ रुपये किराया।

आठ हज़ार पगड़ी के वसूल हो गए। और पास ही उन्हें एक कमरा, एक रसोई और गुसलखाना, टट्टी-सहित चालीस रुपये मासिक में मिल गया।

लड़की का संयोग आकाश में बनता है। और सुषमा के भाग्य में सब कुछ लिखा था। लेकिन मां ने दुनिया देखी थी। उसने गहनों और कपड़ों पर केवल साढ़े तीन हजार रुपये खर्च किए। ग्यारह-बारह सौ शामियाने, बिजली, बर्तनों का किराया और खाने पर उठ गया। इस तरह पांच हज़ार से कुछ कम ही खर्च हुआ। शेष रकम तीन हज़ार उसने रमा के लिए बचा ली।

जिस दिन सुषमा और उसके पति सुरेश हवाई जहाज़ से लन्दन रवाना हुए, वह दिन बहुत ही असह्य का–विशेष तौर पर मां और बहिन रमा के लिए।

मां के लिए इसलिए कि वह जीवन की आशा खो बैठी थी। बेटी उसने इतनी दूर ब्याह दी थी, जहां से लोग वर्ष, दो वर्ष में न लौटते थे, बल्कि छः-सात वर्ष में लौटते थे। और मां जानती थी कि अब वह इतने वर्ष जीवित न रहेगी। इसलिए वह बेटी को विदा ही न कर रही थी, बल्कि उसको पूर्ण विश्वास था कि अब वह बेटी सुषमा से दुबारा न मिलेगी। एक लड़का और लड़की मिलते हैं और विवाह के बंधन में बंध जाते हैं। फिर बच्चे पैदा होते हैं। पहले बच्चे की कितनी खुशी होती है...

पहला बच्चा! जब वह बैठना सीखता है, जब वह पहला शब्द बोलता है, जब वह घुटनों के बल चलता है, जब वह पांव पर खड़ा हो जाता है, जब वह पहला कदम चलता है, जब वह पहला दांत निकालता है–ये बातें कितनी सुखप्रद होती हैं! एक खेल शुरू हो जाता है।

फिर बच्चों का पालन-पोषण, शिक्षा, उनको डांटना, उनको कभी हल्का-सा थप्पड़ रसीद कर देना।

और एक दिन बच्चे बड़े हो जाते हैं।

बेटे को बहू ले जाती है और बेटी को दामाद ले जाता है और घर एक बार फिर खाली होने शुरू हो जाते हैं। फिर पति-पत्नी अकेले रह जाते हैं और पहरों एक-दूसरे से बातें करते हैं, जिस प्रकार विवाह के बाद दोनों महीनों तक अनथक बातें करते थे; और न खत्म होने वाली बातें करते रहते हैं...

शमी निश्चिन्त थी, खुश थी कि उसे अच्छा दामाद मिल गया। उसकी बेटी सुषमा खुश रहेगी।

सुषमा अपनी जगह खुश थी, इसलिए कि उसने तो इस आशा का दामन ही छोड़ दिया था कि उसे कोई अच्छा लड़का ब्याहेगा। और अब वह हवाई जहाज़ में सवार होकर विलायत जा रही थी।

संजोग!

और इसे संजोग कहते हैं। किसको पता था कि प्राइमरी के स्कूल-अध्यापक की, जिसका घर भूख और गरीबी का भंडार था, बेटी हवाई जहाज़ में सवार होकर विलायत जाएगी!

शमी अपनी जगह उदास थी तो रमा भी अपनी जगह उदास थी।

सुषमा की खातिर रमा ने कई बार मार खाई थी। वह उसकी हमराज़ थी। उससे प्रेम करती थी और झगड़ती थी। कई बार उसने कहा था कि तू जब जाएगी तो मैं सवा रुपये का प्रसाद बांटूंगी।

कस्टम में प्रविष्ट होने से पूर्व जब बहिनें मिलीं और जी भरकर रोईं तो सुषमा ने कहा, "तो अब तू सवा रुपये का प्रसाद बांटेगी?"

"दीदी!" रमा फिर गले लिपट गई, "वह तो प्यार की बात होती थी। कभी नाखून भी मांस से अलग हुआ है? और तुम भी तो कहा करती थीं कि हमें कोई अच्छा लड़का नहीं ब्याहेगा। और आज तुम हवाई जहाज़ में सवार होकर जा रही हो। कितने हज़ार रुपये की टिकट आई है, अब यह कौन जानता था?"

"मुझे याद करोगी?"

"यह भी पूछने की बात है?" आंसू थे कि रुक न रहे थे।

"मैं तो प्रतीक्षा में घड़ियां गुज़ारूंगी।"

"लेकिन छः-सात वर्ष से पहले तो मैं न लौट सकूंगी। और बड़ी बात नहीं कि इस अरसे में तुम्हारी भी शादी हो जाए।"

"तो क्या मेरी शादी में न आओगी?" रमा के मुंह से भावावेश में निकल गया।

"तू तो कहा करती थी कि विवाह न कराऊंगी!"

वह झेंप गई।

"शरमा गई मेरी रमा! पगली, हर लड़की का विवाह होता है। बहुत कम लड़कियां हैं जो विवाह नहीं करती हैं। और तुम उनमें से एक नहीं हो।"

"खैर।"

"अच्छा, अब मां का ध्यान रखना। तुम जानती हो कि मां अधिक वर्ष जीवित नहीं रहेगी। शायद मैं फिर उसे न देख सकूं। लेकिन मां को दुःख न पहुंचाना। अब तो घर का सारा काम तुझे ही करना है। तुझ अकेली को खाना बनाना पड़ेगा, बर्तन साफ करने पड़ेंगे और दूसरा काम... ।"

"मैं जानती हूं। तुम्हारी शादी ने मुझे एकाएक एक ज़िम्मेदार नारी बना

डाला है। मैं अनुभव करती हूं कि अब मैं एक बच्ची नहीं रही। मैं अब अधिक से अधिक गद्दियों के कवर सिया करूंगी और मां का इलाज कराऊंगी।"

"अवश्य। पूरन भैया ने तो मां का दिल बुरी तरह तोड़ा है। पिताजी का भी। वह तो अब उससे बात भी नहीं करते।"

"पूरन भैया भी शायद तुम्हारे चले जाने से बदल जाएं।" रमा ने कहा।

"नहीं। वह नहीं बदलेगा। शराब उसका जीवन बन चुकी है।"

"शायद दूसरे विवाह के बाद सम्हल जाएं।"

"दूसरा विवाह! पहला न मालूम कैसे हो गया था।"

फिर उन्हें अलग होना पड़ा। और आंसुओं की धाराओं में वे गले मिलकर अलग हो गईं।

जब तक जहाज़ रवाना न हुआ, वे सब वहीं खड़े रहे। राज अपनी जगह रो रहा था।

पूरन आज भी अनुपस्थित था। जैसे उसकी कोई बहिन न थी, जो विवाह कराके विलायत जा रही थी।

जहाज़ के इंजन एक-एक करके स्टार्ट हुए। उनकी आवाज़ से हवाई अड्डा गूंज उठा। फिर जहाज़ रेंगने लगा और उसने दौड़कर धरती को छोड़ दिया तथा मिनटों में दृष्टि से ओझल हो गया।

जब वे सब घर पहुंचे तो घर विवाह के कारण से ही वीरान न हुआ था, बल्कि सुषमा के विलायत जाने से बिलकुल वीरान और खाली-खाली हो गया था।

जीवन के अगले तीन वर्ष बहुत महत्त्वपूर्ण थे।

इन तीन वर्षों में सुषमा ने विलायत में एक लड़के को जन्म दिया। उसके पत्र आते रहते और फोटो भी।

पूरन ने शराब पीना बन्द न किया, बल्कि इतना बढ़ा दिया कि उसका जिगर बढ़ गया।

विवाह के ठीक एक वर्ष छः मास उपरान्त मां सदा-सदा के लिए इस नश्वर संसार से विदा हो गई।

वह नारी—जिसने प्रेम किया था, और प्रेम में धर्म छोड़ा था, परिवार वालों से विद्रोह किया था, बहिन-भाइयों, मां-बाप को त्याग दिया था, जो एक पतिव्रता पत्नी और स्नेहशील मां थी, कैंसर की वजह से इस संसार को छोड़ गई।

रमा घर में सबसे छोटी थी, इसलिए मां की मृत्यु का उसपर गहरा प्रभाव पड़ा।

राज पढ़ाई से विमुख हो गया था। उसने स्कूल जाना बन्द कर दिया था और एक मिस्त्री से मोटर कारें ठीक करने का काम सीखने लगा था।

यह थी इन तीन वर्षों की संक्षिप्त-सी ज़िन्दगी। लेकिन ये तीन वर्ष रमा के लिए तीन सदियों से कम न थे।

वह अब भी मेहनत करती थी। पढ़ाई के साथ-साथ वह साइकलों की गद्दियों के कवर सिया करती थी और पांच-छः रुपये रोज़ पैदा करती थी। उसने सात-साढ़े सात सौ रुपये जमा कर लिए थे।

ये तीन वर्ष गम, दुःख, मृत्यु, आंसू और दर्द के वर्ष थे।

लेकिन समय की चक्की नहीं रुकती। और तीन वर्ष बाद वह दिन आ पहुंचा जब रमा ने हायर सैकेण्डरी की परीक्षा दी।

इधर उसने परीक्षा दी, उधर न मालूम कैसे पूरन के लिए रिश्ते की बात आई।

"तुम मेरे बेटे से अपनी बेटी का विवाह करना चाहते हो?" गोपालदास ने लड़की के पिता से कहा।

"जी।"

“लेकिन मेरा बेटा मेरे वश में नहीं। उसके विचार मेरे विचारों से बिलकुल भिन्न हैं। वह प्रथम दर्जे का शराबी है और शराब ने उसका जिगर भी खराब कर डाला है।”

“कोई बात नहीं। हर कोई जवानी में ऐसा होता है। विवाह के बाद बदल जाएगा।”

“आप यह जानकर भी लड़की देने को तैयार हैं?”

“क्यों नहीं। वह एक गज़ेटेड टीचर है। सुन्दर है और अच्छी तनखाह मिलती है। मेरी बेटी बी० ए० पास है।”

“बेहतर है, आप उससे ही बात करें।” गोपालदास को पूरन से घृणा हो चुकी थी।

अब फिर वही संजोग की बात थी या...

दासमल की चाय की दुकान थी और अच्छी-खासी आय थी। जवानी में जब उसको विवाह की कोई आशा न रही तो उसने वेश्यावृत्ति शुरू कर दी।

उसी बाज़ार में उसकी मित्रता एक वेश्या से हो गई और यह मित्रता एक दिन विवाह में बदल गई।

दुलारी खानदानी वेश्या न थी। वह एक गरीब माता-पिता की लड़की थी, जो गांव में रहती थी। एक दलाल उसके साथ विवाह करके उसे शहर ले आया था और उसे बाज़ार में बिठा दिया था। वह वर्षों बाज़ार में बैठी, लेकिन उसकी आत्मा को चैन न था। वह इस वेश्यावृत्ति को पसन्द न करती थी, और इस अवसर को ताक में थी कि कोई उसे विवाह का आमंत्रण दे तो वह फौरन राज़ी हो जाए।

दासमल ने जैसे ही उसके सामने विवाह का प्रस्ताव रखा, दुलारी ने फौरन स्वीकृति दे दी और दोनों का विवाह हो गया।

दुलारी एक पतिव्रता पत्नी न बन सकी। जब उसकी बेटी विमला

सोलह वर्ष की हो गई तो उसने उसको सप्लाई करना शुरू कर दिया। विमला ने हायर मैकेण्डरी पास कर लिया था और कालेज में प्रवेश ले लिया था। अव यह भाग्य की देन है कि ऐसे लोगों की संतान बहुत सुन्दर होती है। और विमला भी बहुत सुन्दर लड़की निकली। सोलह वर्ष की आयु में उसने भरी-भरी और गदराई हुई जवानी पाई।

मां के तो दिन फिर गए। सरकार ने वेश्यावृत्ति पर कानून का पहरा बिठा दिया। 'बाज़ारे-हुस्न' सिमटकर और सिकुड़कर कुछ कोठियों को शोभा बन गया, लेकिन दुलारी जैसी औरतों ने शहर के हर भाग में वेश्यावृत्ति का धन्धा आरम्भ कर दिया।

अब यहां दुलारी की जवानी और 'बाज़ारे-हुस्न' की चाल-ढाल काम आई। उसने जब बेटी विमला से वेश्यावृत्ति शुरू कराई तो घर में धन की वर्षा होने लगी।

दुलारी ने बिमला का भाव दो सौ रुपया एक रात का रखा, और कुछ बड़े होटलों के बैरों से साठ-गांठ कर ली।

दासमल अपनो चाय की दुकान में मस्त था। जिसे कोई लड़की देने को तैयार न था, अब उसकी भी पत्नी थी और पांच बच्चे भी थे, जिनमें से चार लड़कियां थीं।

विमला कालेज में पढ़ती रही। कॉलेज में पढ़ने से वह गलत-सलत अंग्रेज़ी बोल लेती थी। इस अंग्रेज़ी भाषा ने सोने पर सुहागे का काम किया। विमला ने बी० ए० किया। हज़ारों रुपये कमाए। घर का नक्शा ही बदल डाला। और बी० ए० के बाद भी वह दो वर्ष तक यही धन्धा करती रही।

जब विमला से छोटी निर्मला सोलह वर्ष की हो गई तो दुलारी को विमला के विवाह की चिंता सताने लगी। वह एक ही समय दोनों लड़कियों से वेश्यावृत्ति कराने के पक्ष में न थी। वह कहा करती थी कि एक म्यान में दो तलवारें नहीं रह सकती हैं। यह बात सत्य थी या नहीं, लेकिन दुलारी इसीका हवाला दिया करती थी।

अब विमला के लिए पूरन से उपयुक्त वर न मिल सकता था। लड़का शराबी था तो क्या हुआ। विमला एक फर्म में नौकर थी और अढ़ाई सौ रुपये मासिक कमा रही थी। वह फर्म के मालिक की कृपापात्र थी। नौकरी के अतिरिक्त शरीर का भी सौदा तय हुआ था।

फिर विमला स्वावलम्बी थी। पति तो केवल एक बहाना था, एक आड़ थी, एक पर्दा था; और पूरन से बेहतर आड़ और पर्दा कहां मिल सकता था! दासमल और दुलारी को ऐसे ही दामाद की आवश्यकता थी, जो शराबी हो या कबाबी; आवारा हो या बदचलन; लेकिन इनकी बेटी की हरकतों और जीवन में दखल न दे।

इसलिए गोपालदास के ऊंचे विचार, बेटे से घृणा के विपरीत पूरन और विमला का विवाह हो गया।

विमला को पूरन की कभी प्रतीक्षा न होती। वह ग्यारह बजे आता या डेढ़ बजे। वह केवल दरवाज़ा खोल देती, और एक बार खाने के लिए पूछ लेती। हर रोज़ उसे एक ही उत्तर मिलता कि वह खाना खा आया है।

फिर शराबी पूरन खर्राटे लेने लगता तो ये खर्राटे भी विमला को बुरे न लगते, क्योंकि दिन में फर्म का मालिक उसके पास आ जाता था। बल्कि कई बार तो मालिक के मित्र भी आ जाते। विमला को पूरन के खर्राटों से कोई घृणा न थी, बल्कि वह तो खुश थी कि ऐसा शराबी पति उसे मिला है, जो उसे परेशान नहीं करता, कोई मांग नहीं करता और जो केवल शराब और खर्राटों का रसिया है।

12

हायर सैकेण्डरी की परीक्षा देने के बाद रमा ने पिता से कहा कि वह अपने चाचा के यहां जालंधर जाना चाहती है।

गोपालदास भी अरसे से अपने भाई हरिदास से न मिला था। इधर स्कूल में छुट्टियां थीं, इसलिए उसने भी साथ जाने का प्रोग्राम बना लिया।

नई दिल्ली स्टेशन से वे दुपहर की गाड़ी फ्लाइंग मेल से रवाना हो गए। छुट्टियों के कारण गाड़ी में बहुत भीड़ थी।

गाड़ी दौड़ने लगी।

रमा अपने विचारों में खोई हुई थी। उसकी अपनी भाभी से मित्रता न हो सकी थी, या वह भाभी उसे मित्र न बना सकी थी। भाभी और उसके विचारों में धरती-आकाश का अन्तर था। अब वह बच्ची न रही थी, और जान चुकी थी कि उसकी भाभी विमला का अतीत क्या है और जाल क्या है। उसे उस जीवन से घृणा थी। दूसरे शब्दों में उसे भाभी से घृणा थी। यदि घृणा की दीवार बीच में न होती तो बड़ी बात न थी कि विमला उसे अपने रास्ते पर चलाती। घर में विमला ही सबसे बड़ी थी। बिन मां की बच्ची के मासूम दिल को गुनाह के पथ पर चलने से कौन रोक सकता था! लेकिन रमा और विमला एक-दूसरे के निकट न थीं, बल्कि उनमें एक खाई पैदा हो गई थी।

शरीर बेचने से रमा को हार्दिक घृणा थी; और जो स्त्रियां यह काम करती थीं उनसे उसकी दुश्मनी थी। उनके पड़ोस में एक मिसेज़ बख्शी रहती थी। अब तो उसकी आयु ढल गई थी; लेकिन यह हर कोई जानता था कि वह वेश्यावृत्ति करती थी, और अब मासूम लड़कियों को फुसलाकर वेश्यावृत्ति के मार्ग पर अग्रसर करती थी।

विमला भाभी और मिसेज़ बख्शी की तो गाढ़ी छनती थी। विमला स्वयं अनुभवशाली थी। वह हर अच्छे होटल में उन बैरों को जानती थी जो लड़कियां सप्लाई करते थे। फिर फर्म का मालिक उसपर बहुत मेहरबान था। इसके अतिरिक्त उसके दर्जनों मित्र थे जिनके साथ वह हर रोज़ प्रोग्राम बना सकती थी।

लेकिन गोपालदास को विमला बहू देवी नज़र आती थी। इसलिए कि वह उसका बहुत ध्यान रखती थी। उसको अच्छा खाना देती, उसके कपड़े धो देती और उसकी सेवा करती थी।

रमा इसी ताने-बाने में उलझी खड़ी हुई थी कि अचानक उसकी दृष्टि उठी। सामने की सीट पर बीस-इक्कीस वर्ष का एक नवयुवक बैठा था। अचानक दोनों की नज़रें टकराईं।

रमा ने निगाहें फेर लीं, लेकिन दो मिनट बाद वह फिर उसे देखने पर विवश हो गई।

लड़का उसे लगातार घूरे जा रहा था। रमा को उसकी घृष्टता और असभ्यता पर क्रोध आया।

लेकिन यह क्रोध बढ़ता ही गया, क्योंकि लड़के ने उसे घूरना बन्द न किया था। और रमा अब बेचैन हो गई थी। उसकी समझ में न आ रहा था कि वह क्या करे। वह उसे किस तरह मना करे कि इस तरह शरीफलड़की को घूरना बदतमीज़ी है और नैतिक पतन है।

आधे घण्टे बाद जब रमा उस नवयुवक को मना न कर सकी तो उसके अपने दिल ने एक करवट-सी ली, और सहसा उसे लगा कि नौजवान सुन्दर है, उसके नखशिख बहुत आकर्षक हैं।

अब रमा उसे देखने पर विवश हो गई और चोरी से एक नज़र देखती और जब उसे अपनी ओर देखता पाती तो मन ही मन खुश होती। आखिर उस नवयुवक ने उसे प्रभावित कर लिया था।

यह खेल जारी रहा। अब रमा इस खेल में दिलचस्पी लेने लगी।

रमा उठकर बाथरूम की ओर चल दी। उसे यह भी विश्वास नहीं था कि उसे पेशाब जाना है या नहीं। वह बाथरूम से बाहर निकली तो उसका दिल धक से रुक गया। दरवाज़े के बाहर वही नौजवान खड़ा था।

"मुझे सतीश कहते हैं; और इंजीनियरिंग पढ़ रहा हूं। अब छुट्टियों में अपने घर जा रहा हूं—लुधियाना।"

रमा की समझ में न पाया कि क्या जवाब दे। वह उसकी बातों से भौचक्की रह गई थी। उसने स्वयं को संभाला और बचकर निकल जाना चाहा।

"क्या आप अपना नाम न बताएंगी?"

"क्यों?" रमा रुक गई।

"यूं ही।"

"मैं अजनबियों से बात नहीं करती।"

"अजनबी कभी मित्र भी बन जाते हैं।"

"लेकिन मुझे मित्रता का शौक नहीं।"

"अच्छा, आप कहां तक जा रही हैं?"

"जालंधर।" रमा के मुंह से निकल गया।

"खैर, मैं तो लुधियाना उतर जाऊंगा। मैंने इस कागज़ पर अपना पता लिख दिया है। यह रेस्टोरेण्ट मेरे एक मित्र का है। आप इस पते पर पत्र लिख सकती हैं।" कहकर सतीश ने कागज़ बढ़ाया।

"मुझे आवश्यकता नहीं।"

"फिर भी हर्ज क्या है? रख लीजिए। यदि कभी उचित समझें तो पत्र लिख दीजिएगा।"

"जी नहीं।"

"आप बड़ी हठीली लड़की हैं।"

"आपको क्या?"

"यह मैं नहीं जानता; लेकिन न मालूम क्यों और कैसे मैं आपको देखता रहा; और दिल में कितने विचार आए। जैसे हम पिछले जन्म से एक-दूसरे को जानते हैं।"

"इस जन्म में तो नहीं जानते।"

"आप भाग्य में विश्वास नहीं रखतीं, लेकिन मैं इसे सौभाग्य ही कहूंगा कि इस एक घंटे के सफर ने मेरा जीवन बदल दिया है। मैं आज तक कभी किसी लड़की से इस प्रकार नहीं बोला। न ही कभी किसीको अपना पता दिया है।"

"फिर मुझे क्यों दे रहे हैं?"

"यह मैं भी नहीं जानता। केवल इतना कह सकता हूं, जैसे मैं आपको पिछले जन्म से जानता हूं, और इस जन्म में हमारी भेंट ही रेलगाड़ी में होनी थी। मैंने आपको देखा और देखता ही रह गया। फिर यह हरकत करने पर विवश हो गया।"

"मैं कुछ नहीं समझी।"

"समझाने के लिए कुछ है ही नहीं। मैं केवल एक प्रार्थना कर रहा हूं कि आप मेरा रुक्का रख लें, और यदि कभी जीवन में आवश्यकता अनुभव करें तो मुझे पत्न लिखिएगा।"

"जी नहीं।" रमा ने अपनी सुन्दर आंखों से उसे देखा।

"मैं आपको इतनी कठोरहृदय नहीं समझता था। आज मुझे पता चला कि दिल क्यों धड़कता है। दिल क्यों उदास हो जाता है। दिल क्यों किसीको मिलना चाहता है। दिल क्यों किसीको पसन्द करता है।" सतीश ने कहा।

"मैं अब भी कुछ नहीं समझी।"

"अच्छा, आप यह रुक्का तो रख लें। मिलना यदि आपको पसंद न हो, तो पत्न न लिखिएगा। इसे फाड़कर फेंक दीजिएगा। मैं समझूंगा कि

यह सफर केवल स्वप्न था। मैंने किसीको देखा था और न मालूम क्यों उसे देखकर मेरा दिल धड़कने लगा था। और न मालूम क्यों उससे मिलने की उमंग पैदा हुई थी, और उस लड़की ने मुझे दुबारा मिलने या पत्र लिखने से इंकार कर दिया था।"

रमा ने उत्तर न दिया। उसने दृष्टि उठाकर सतीश को देखा।

और सतीश की आंखों में आंसू थे। रमा का दिल कांप उठा।

"ले लीजिए!" सतीश ने कुछ इस प्रकार याचना की कि रमा का हाथ बढ़ गया।

"धन्यवाद।"

रमा ने वह छोटा-सा रुक्का, कमीज़ के गले में हाथ डालकर, ब्रेसरी में रख लिया, "लेकिन मैं खत न लिखूंगी।"

"मैं भला आपको विवश कर सकता हूं! फिर आपने अपना नाम भी तो नहीं बताया। मैं यह भी नहीं जानता, आप दिल्ली में रहती हैं या जालंधर में। लेकिन लुधियाने से जालंधर दूर नहीं। यदि आपका पत्र आया तो मैं मिलने आ सकता हूं।"

"शायद इसकी नौबत न आए।"

"भगवान ऐसा ही करे। मैं स्वयं भी आपको परेशान नहीं करना चाहता...लेकिन..."

"लेकिन क्या?"

"कुछ नहीं। आप जाइए।"

रमा चल दी और जाकर अपनी सीट पर बैठ गई। उसका दिल धड़क रहा था, और चेहरा रक्तवर्ण हो गया था। लेकिन गोपालदास ऊंघ रहा था अतः वह यह परिवर्तन न भांप सका।

थोड़ी देर बाद सतीश अपनी जगह पर आकर बैठ गया। रमा ने उसे देखा और उसके आश्चर्य की सीमा न रही, जब उसने सतीश की भीगी

आंखें देखीं। इसका मतलब था कि वह बाथरूम में जाकर रोकर आया था। लेकिन रोने का कारण क्या हो सकता था?

सफर जारी रहा।

रमा अब उसे कनखियों से देखने पर विवश थी। और उनकी नज़रों का कई बार टकराव हुआ।

गाड़ी दौड़ती रही।

यहां तक कि किसी यात्री की आवाज़ आई, "अब लुधियाना आएगा।"

रमा इस बात पर चौंक पड़ी। यह सफर कितनी जल्दी समाप्त हो गया! यानी अब सतीश उतर जाएगा!

उनकी दृष्टि फिर टकराई।

फिर लुधियाना उतरने वाले यात्री अपना-अपना सामान समेटने लगे और उठाकर दरवाज़े के निकट जाने लगे। उनमें सतीश भी था। वह अपना अटैची केस उठाकर चल दिया। जाने से पूर्व उसने फिर उसे देखा और फिर जाकर दरवाज़े के पास खड़ा हो गया।

गाड़ी की चाल धीमी हो रही थी। खिड़की से बाहर फैक्टरियां नज़र आ रही थीं।

अब रमा की यह दशा थी कि वह सतीश के चेहरे से आंखें न हटा सकी। अब वह घूरे जा रही थी।

सतीश की आंखों में फिर आंसू उमड़ आए। उसने जेब से रूमाल निकालकर उन्हें साफ किया।

गाड़ी रुक गई। मुसाफिर उतरने लगे। सतीश अटैची केस के साथ प्लेटफार्म पर उतरा। नीचे पहुंचकर उसने अटैची केस प्लेटफार्म पर रख दिया और धीरे से सलाम किया।

कुलियों के शोर और खोमचे वालों के शोर में मुसाफिर बाहर जाने लगे, लेकिन सतीश वहीं खड़ा रहा।

वे दोनों एक-दूसरे को एकटक देख रहे थे। समय गुज़रने लगा, और सीटी की आवाज़ से गाड़ी हरकत में आ गई।

नये मुसाफिर अपनी-अपनी जगह बना रहे थे। गाड़ी रेंगने लगी। सतीश ने एक बार सलाम के लिए हाथ उठाया। और अब रमा ने धीरे से अपना हाथ खिड़की से बाहर निकाला और पिता की आंखों में धूल डालकर हाथ हिला दिया।

सतीश नज़रों से ओझल हो गया तो रमा के दिल में एक खलबली-सी मच गई।

यह सब क्या हो गया था? क्या इसे भाग्य कहते हैं? क्या प्रेम इसी तरह जन्म लेता है और फिर परवान चढ़ता है?

सतीश किस प्रकार की चिंगारी छोड़ गया था, जो इस मासूम दिल को बेचैन कर रही थी और बेचैनी दर्द का रूप धारण कर रही थी।

जब वह जालंधर चाचा के घर पहुंची और हर किसीसे मिल चुकी तो बाथरूम चली गई। वहां जाकर उसने ब्रेसरी से वह रुक्का निकाला जो सतीश ने दिया था।

पत्र बहुत संक्षिप्त था :

> "लोग कहते हैं कि प्रेम पहली नज़र में हो जाता है। मैं इस बात का कायल न था, लेकिन तुम्हें देखकर कायल हो गया हूं। पता दर्ज कर रहा हूं, पत्र लिखना। अवश्य लिखना, वरना मेरा दिल टूट जाएगा।"

और नीचे एक रेस्टोरेण्ट का पता था, जिसके द्वारा खत मंगाया था। रमा पत्र पढ़कर एकाएक जवान हो गई। वह अब तक स्वयं को बच्ची ही समझती थी; लेकिन इस पत्र ने उसे जवान बना डाला।

उसे अपनी दीदी सुषमा के वर्षों पहले कहे शब्द याद आ गए कि हमें कोई अच्छे घर का लड़का नहीं ब्याहेगा। लेकिन दीदी को उसके प्रेमी

ने ठुकरा दिया था; और फिर किस तरह उसकी याद में वह रोया करती थी। क्या रमा के भाग्य में यही लिखा था? मन ने कहा कि प्यार इस तरह नहीं मर जाता। यह सब खिलवाड़ है। सतीश उसका कभी न बन सकेगा; लेकिन दिल ने कहा कि पहल उसकी ओर से हुई थी इसलिए पत्र का जवाब देने में क्या हर्ज था।

अगले दिन उसने पत्र लिखा।

पत्र में उसने अपने घर का हुलिया बयान किया। बताया कि कितने बहिन-भाई हैं। घर में वह सबसे छोटी है, और इस वर्ष उसने हायर सैकेंडरी की परीक्षा दी है। "लेकिन प्रेम इस प्रकार नहीं हो सकता।"

यह लाइन लिखने के बाद वह सोच में खो गई। क्या यह उसने सच्ची बात कही थी? उसके दिल ने कहा कि 'स्वयं को धोखा न दो। तुम उसके लिए दिल में टीस महसूस कर रही हो। एक चुभन अनुभव कर रही हो। और यही प्यार की निशानी है। तुम प्रेम में गिरफ्तार हो चुकी हो।'

लेकिन उसने इस लाइन को काटा नहीं। फिर उसने लिखा :

> "तुमने कहा था कि तुम मिलना चाहते हो, लेकिन क्यों? तुम्हारे जैसे एक लड़के ने मेरी दीदी से प्रेम का खेल खेला था, और वह केवल एक खेल था। उसने दीदी का दिल तोड़ दिया था; और वह पहरों रोया करती थी। मेरे साथ भी यही होगा। मैं कैसे विश्वास कर लूं कि तुम सचमुच प्रेम करते हो?"

इस पत्र के उत्तर में सतीश ने कई पन्नों का प्रेम-पत्र लिखा। उसने अपने परिवार का पूरा परिचय दिया। वह भी घर में सबसे छोटा था। तमाम बड़े भाई बड़े-बड़े पदों पर नियुक्त थे। और वह इंजीनियर बन रहा था। उसने विश्वास दिलाया था कि वह उसके दिल को न तोड़ेगा,

बल्कि उसके साथ विवाह करना चाहता था। उसके माता-पिता मर चुके हैं, इसलिए वह किसी सीमा तक स्वतंत्र था।

रमा ने लिखा कि वह स्वतंत्र नहीं। वह पिता की स्वीकृति के बिना विवाह का फैसला नहीं कर सकती।

सतीश ने लिखा कि वह लव-मैरिज करने को तैयार है। कोर्ट में जाकर विवाह कर सकता है।

रमा ने लिखा कि तुम अभी शिक्षा प्राप्त कर रहे हो। मेरा उत्तरदायित्व कैसे उठाओगे?

सतीश ने लिखा, "मुझे विरासत में दस हज़ार रुपये मिले हैं, और पढ़ाई का अंतिम साल है। एक वर्ष बाद विवाह हो सकता है। इससे पहले विवाह हो जाए तो मैं उस दिन तक बोझ उठा सकता हूं, जब तक मैं नौकर नहीं हो जाता। दस हज़ार रुपये बहुत होते हैं।"

इस पत्र के साथ सतीश का एक फोटो था, और जवाब में उसने रमा का फोटो मांगा था।

रमा ने फोटो उतरवाया और उसे भेज दिया।

यह क्रम जारी रहा। पत्रों के साथ फोटो भी आते रहे।

रमा न चाहते हुए भी इस पत्र-व्यवहार और प्रेम में गिरफ्तार हो चुकी थी।

बात इतनी आगे बढ़ गई थी कि एक दिन रमा ने पिता से बात कर दी।

"तुम भी!" पिता चिल्लाया, "और मैं समझता था कि तुम मां की भांति गम्भीर हो।"

"लेकिन पिताजी, मां ने भी अपनी इच्छा से विवाह किया था।"

"ओह!" गोपालदास को अनुभव हुआ कि रमा ने उसके चेहरे पर थप्पड़ मार दिया था।

गोपालदास ने अपनी इच्छा से विवाह क्या किया था कि सारी सन्तान को एक बहाना मिल गया था। जो उसकी ज़ुबान बन्द कर सकते थे।

"तो तुम भी यह बात कहकर मेरी आज्ञा का उल्लंघन कर रही हो?"

"लेकिन पिताजी, आप जानते हैं कि हमें अच्छे लड़के व्याहने को तैयार नहीं।"

"यह तू कह रही है! मैं तो तुझे अब तक बच्ची समझता था; लेकिन मैं देख रहा हूं कि तेरी ज़ुबान सबसे अधिक लम्बी है। क्या सुषमा का विवाह अच्छे लड़के से नहीं हुआ?"

"वह केवल भाग्य था।"

"और तुम्हारे साथ भी भाग्य ऐसी घटना पेश कर सकता है।"

"आप एक बार लड़के को मिल क्यों नहीं लेते?"

"मैं इससे पूर्व आत्महत्या कर लेना पसन्द करूंगा।"

अब रमा निरुत्तर हो गई।

सतीश ने लिखा था कि वह छब्बीस तारीख को जालंधर मिलने और फैसला करने आ रहा है। लेकिन अब वह क्या जवाब देगी? अब वह क्या फैसला करेगी?

बच्चे से खिलौना छीन लो तो वह रोने लगता है, हठ करने लगता है। प्रेम में भी ऐसा ही होता है। अब तक तो रमा केवल इस खेल को खेल समझ रही थी, लेकिन अब वह गंभीर थी और उसने जान की बाज़ी लगा देने की ठान ली। वह विद्रोह पर विवश हो गई।

वह छब्बीस तारीख को सतीश से मिलेगी, और सतीश जो प्रोग्राम बनाएगा उसके अनुसार कदम उठाएगी। वह अब हठ पकड़ गई थी। उसने इसे अपने जीवन और मृत्यु का प्रश्न बना डाला।

छब्बीस तारीख आ गई।

प्रतीक्षा की घड़ियां व्यतीत होने लगीं। हर आहट पर रमा दरवाज़े को देखती। लेकिन समय गुज़रता रहा। प्रतीक्षा की घड़ियां प्रतीक्षा ही रहीं, और उस दिन सतीश न आया।

रमा ने भगवान का धन्यवाद किया कि उसने पिता को न बताया था। और अब पिता उसका मज़ाक उड़ाता।

अट्ठाईस तारीख को सतीश का तार कुल्लू से आया कि एक ज़रूरी काम के कारण उसे कुल्लू आना पड़ा, इसलिए वह छब्बीस को जालंधर न पहुंच सका।

संदेह और आशंका लोप होने लगे और उनकी जगह प्रेम की आशा ने जन्म ले लिया।

इस आशा पर पिता ने पानी फेर दिया। वह उनतीस तारीख को उसे लेकर दिल्ली के लिए रवाना हो गया।

गाड़ी में रमा रोती रही। उसे आंसू छुपाना कठिन हो रहा था। उसकी समझ में न आ रहा था कि यह बैठे-बिठाए कौन-सी मुसीबत आन पड़ी थी।

और उसकी नींद, चैन, शांति सब समाप्त हो गए थे। वह तो दिल्ली से यह सोचकर गई थी कि चाचा के घर उसे शांति मिलेगी, वह एक-डेढ़ मास वहां गुज़ारेगी, लेकिन उसे उस शांति की जगह क्या मिल गया था! वह तो एक मुसीबत खरीद लाई थी।

प्रोग्राम एकदम बना था, इसलिए वह सतीश को पत्र न लिख सकी कि वह दिल्ली जा रही है।

दिल्ली पहुंचते ही अगले दिन उसने सबसे पहले सतीश को पत्र लिखा और बताया कि पिता विवाह के विरुद्ध हैं, इसलिए वे उसे दिल्ली ले आए हैं।

और उसी शाम उसने पूरन भैया और विमला भाभी को सारी कहानी सुना दी। कहानी सुनाते समय उसके आंसू थमते ही न थे।

"घबराओ नहीं," पूरन ने कहा, "मैं तुम्हारे साथ हूं। यदि लड़का अच्छा है तो मैं तुम्हारा विवाह कर दूंगा।"

"मैं भी तुम्हारे साथ हूं।" विमला भाभी ने कहा।

रमा के प्रेम की शमा फिर रोशन हो गई।

सतीश का पत्र मनाली से आया कि वह कुल्लू से मनाली आ गया है, और अब उसे लुधियाना न जाकर वहां से लखनऊ जाना है।

पूरन ने जब यह पत्र सुना तो बोला, "यह लड़का फ्राड है।"

"फ्राड! वह तुम्हें मूर्ख बना रहा है। भला इस तरह गाड़ी में देखने से प्रेम हो जाता है? जाति-पांति, परिवार, बिरादरी; विवाह के लिए दर्जनों बातें देखी जाती हैं। यह लड़का केवल एक कालेज स्टुडेंट है और तुमसे खेल रहा है।" विमला ने कहा।

"नहीं भाभी! वह ऐसा नहीं।"

"खैर, देख लेना। वह कभी यहां न आएगा।"

और उसी शाम पिता ने घोषणा कर दी कि उसने रमा के लिए एक लड़का पसन्द कर लिया है; और शीघ्र ही विवाह भी हो जाएगा।

रमा रोने लगी। इधर विवाह की तिथि पक्की हो रही थी, उधर सतीश की कोई खबर न थी। वह सतीश को कहां ढूंढ़ सकती थी? उसने उसका घर न देखा था। उसके भाई-बहिनों को न जानती थी। लुधियाने में भी एक रेस्टोरेंट का पता दिया था। अपने घर का पता न दिया था।

दिन व्यतीत होने लगे।

विवाह की तिथि नियुक्त हो गई थी; और वह नियुक्त दिन तेज़ी से निकट आ रहा था।

रमा का रो-रोकर बुरा हाल था। विमला भाभी के पास इतना समय कहां था कि वह उसके घावों पर मरहम रखती। फिर उसने जीवन में प्रेम न किया था। वह तो केवल शरीर-समर्पण करना जानती

थी, रुपया लूटना जानती थी।...उसका कोई राज़दार नथा—कोई सहानुभूति दर्शाने वाला न था। मां मर चुकी थी। काश, वह जीवित होती तो उसके आंसू पोंछ देती! सुषमा दीदी हज़ारों मील दूर बैठी थी। राज इस योग्य न था कि घर के मामले में कोई बात कर सके या उसकी कोई सुनता।

रमा की सारी आशाएं टूट गईं। उसे कोई आशा न रही कि अब कभी सतीश से उसकी इस जीवन में भेंट हो सकेगी।

लेकिन विवाह से कुछ दिन पहले सत्रह तारीख को सतीश का पत्र आ गया।

"मैं सत्रह को देहली पहुंच रहा हूं और उसी दिन तुम्हें और तुम्हारे पिताजी को मिलूंगा।"

यानी सतीश आज ही आ रहा था। पत्र दोपहर को आया था, और शाम को पांच बजे सतीश आ गया।

घर में कोई न था।

रमा बरबस उससे लिपट गई, और फिर रोने लगी, "तुम, तुम कहां खो गए थे? तुमने मेरा दिल ही न तोड़ा, बल्कि हर आशा तोड़ी। जानते हो, मेरी शादी की तिथि पक्की हो गई है, और विवाह में केवल एक सप्ताह शेष है।"

"यह विवाह नहीं होगा। तुम्हारा विवाह मेरे साथ होगा।" सतीश ने उसका चुम्बन लेते हुए कहा।

"अब क्या हो सकता है?" रमा ने प्रश्न किया।

"सब कुछ।"

"क्या सब कुछ?" रमा का दिल कांप उठा।

"हां।"

"क्या तुम चाहते हो कि मैं तुम्हारे साथ भाग चलूं?"

"अभी नहीं। मैं पहले तुम्हारे पिताजी से मिलना चाहता हूं। वह काम से कब लौटते हैं।"

"स्कूल से तो वह रिटायर हो गए हैं। अब एक दुकान पर नौकर हैं, और सात साढ़े सात बजे लौटेंगे।"

"और भैया?"

"उनका कोई पता नहीं। आ जाएं तो अभी आ जाएं, वरना रात को दस-ग्यारह बजे आते हैं।"

"इतनी देर क्या करते हैं बाहर?"

रमा कहने लगी थी कि शराब पीते हैं, लेकिन वह समय पर संभल गई। "वह ट्यूशन पर जाते हैं।"

"लेकिन गर्मियों में ट्यूशन कौन पढ़ता है?"

"उनकी स्थायी ट्यूशन है।"

"ओह!"

"सतीश, मुझे यहां से ले चलो, वरना मैं जान दे दूंगी। मैं यह विवाह नहीं कराऊंगी। मैं मर जाऊंगी।"

"घबराओ नहीं। अब मैं आ गया हूं। सब ठीक हो जाएगा।"

फिर दो प्रेमभरे दिल अपने-अपने दुखड़े सुनाने लगे और दुनिया व वातावरण को बिलकुल भूल गए। यहां तक कि पिता के आगमन पर ही उनका ध्यान भंग हुआ।

"यह...यह कौन है?" पिता ने सतीश को घूरते हुए कहा।

"पिताजी, यह सतीश है।"

सतीश ने आगे बढ़कर गोपालदास के पांवों को हाथ लगाया।

गोपालदास ने पांव खींच लिए। "तुम यहां क्या करने आए हो?"

"मैं आपका आशीर्वाद लेने आया हूं।"

"कैसा आशीर्वाद?"

"मैं रमा के साथ विवाह करना चाहता हूं।"

"तुम विवाह करना चाहते हो, जबकि इसके विवाह की तिथि निश्चित हो गई है। कार्ड छप गए हैं। आमंत्रण-पत्र जा चुके हैं।" पिता ने भारी स्वर में कहा।

"पिताजी, अभी कुछ नहीं बिगड़ा। अब यह विवाह रोक दें।" रमा एकदम बोल पड़ी।

"बकवास बन्द करो! विवाह बच्चों का खेल नहीं। इसमें माता-पिता के सम्मान का प्रश्न है।"

"लेकिन पिताजी, आपने भी अपनी पसन्द का विवाह किया था, और सारे घरवाले विरुद्ध थे।"

"लड़की, अपनी ज़ुबान बन्द कर। मैं बकवास सुनने का आदी नहीं हूं। तू इस दो टके के छोकरे के सामने मेरा अपमान कर रही है और घर की इज़्ज़त का मज़ाक उड़ा रही है!"

"नहीं पिताजी, नहीं।" कहकर रमा रोने लगी।

"मुझपर इन आंसुओं का कोई प्रभाव नहीं हो सकता!"

इतने में विमला भाभी आ गई।

"यह कौन है?" उसने आते ही प्रश्न किया।

"यह सतीश है।"

"तो यह है सतीश!" विमला ने सतीश का सिर से पैर तक जायज़ा लिया, जैसे वह अपने ग्राहकों का लिया करती थी।

"हां भाभी! मैं हूं सतीश।" सतीश ने कहा, "भगवान के लिए यह विवाह रोक दीजिए।"

"विवाह रोक दीजिए! क्या विवाह मज़ाक है?" विमला घर में बड़ी थी; और गोपालदास उसे देवी समझता था।

"सुना तुमने! यह लड़की मेरी इज़्ज़त की दुश्मन बन गई है। विवाह न हुआ, मज़ाक हुआ।" कहकर गोपालदास सतीश से सम्बोधित हुआ, "अब कुशल इसीमें है कि तुम यहां से चले जाओ। यदि तुम सचमुच अच्छे परिवार से हो तो किसीकी मर्यादा से न खेलो।" कहकर गोपालदास घर से निकल गया।

"सुना नहीं तुमने, पिताजी ने क्या कहा है?" विमला भाभी बोली।

"जी, सुन लिया है। क्या आप लोगों का यह अंतिम फैसला है?"

"बिलकुल!"

"ओह!" सतीश निराश हो गया।

"और अब जाओ!" कहकर विमला भाभी अपना पर्स घुमाती हुई अपने कमरे में चली गई।

"रमा, तुम दिल छोटा न करना!" सतीश ने दबी ज़ुबान में कहा, "मैं तीन-चार दिन में आऊंगा और तुम्हें साथ ले जाऊंगा। तुम तैयार रहना।" सतीश ने आंसू पोंछते हुए कहा।

"तैयार रहना—क्या मतलब?"

"मेरा मतलब है, मैं तुम्हें तीन कपड़ों में ले जाऊंगा।"

"ओह!" रमा ने गहरी सांस ली।

"किसीसे बात न करना। अच्छा, अब मैं चलता हूं।" कहकर सतीश घर से निकल गया।

चौथे दिन सतीश उसे लेने न आया, बल्कि उसका पत्र आया, जो संक्षिप्त था :

"मैं तुमसे प्रेम करता हूं और करता रहूंगा; लेकिन ऐसा जान पड़ता है कि हमारा विवाह न होगा। अब मैं दिल्ली नहीं आ सकता। न ही तुमसे मिल सकता हूं। तुम्हारे पिताजी जहां तुम्हारा विवाह कर रहे हैं, तुम वहीं

करा लो।"

इस पत्र का रमा पर यह प्रभाव पड़ा कि उसे सतीश पर तो क्रोध न आया, बल्कि उसे विमला भाभी और पिता से घृणा हो गई। उसी दिन उसने पिता से स्पष्ट शब्दों में कह दिया, "पिताजी! मैं विवाह नहीं कराऊंगी। यदि आपने हठ किया तो मैं विवाह के दिन इस घर में न हूंगी।"

पिता अपनी जवानी में इस दौर से गुज़र चुका था, इसलिए उसने कहा, "तुम जहन्नुम में जाओ। यदि तुम यह विवाह न कराओगी तो मैं तुम्हारी शादी आयुपर्यन्त न करूंगा।"

रमा जहन्नुम में तो न गई, हां, अगले दिन वह बुआ के लड़के के यहां चली गई।

बुआ के लड़के ने उसे बहुत समझाया कि अब वह विवाह से इन्कार न करे। खानदान की मर्यादा का प्रश्न है। तिथि निश्चित हो चुकी है। केवल दो दिन शेष हैं।

लेकिन रमा ने एक ही रट लगा रखी थी कि वह शादी के दिन घर से भाग जाएगी।

गोपालदास को एक बार फिर पराजय का सामना करना पड़ा—उसे विवाह की तिथि से एक दिन पहले विवाह स्थगित करना पड़ा।

निंदा, बदनामी, अपमान—ये सब कुछ गोपालदास की झोली में डाल दिए गए। आज उसे पहली बार खेद हुआ कि उसने अपनी स्वेच्छा से विवाह क्यों किया था।

रमा अब सतीश की याद में जी रही थी। उसने उसे कई पत्र लिखे कि उसका विवाह स्थगित हो गया है। वह पाए और उसे पाकर ले जाए।

लेकिन सतीश का कोई उत्तर न आया।

13

यह थी रमा।

घर में सबसे छोटी—जिससे मां की बहुत-सी आशाएं बंधी थीं, और इनमें से एक यह थी कि वह उसकी मिट्टी समेटगी, जो उसने समेट दी थी।

यह वह रमा थी जो सुबह चाय का एक प्याला पीकर मशीन पर बैठ जाती थी और साइकल की गद्दियों के कवरों की सिलाई किया करती थी, तथा चार, पांच या छ: रुपये रोज़ पैदा करती थी। इस पैसे से वह स्कूल की फीस चुकाती, अपनी किताबें और कापियां खरीदती थी; और इस पैसे से उसने सिलाई का डिप्लोमा प्राप्त किया था। मेहनत ही जिसका धर्म था। जो बहुत ही भोली और मासूम समझी जाती थी। जिसे इस संसार की ऊंच-नीच से कोई वास्ता न था।

जो अपनी बहिन को इसलिए नापसन्द करती थी कि वह एक लड़के से प्रेम करती थी। जो विमला भाभी को नापसन्द करती थी क्योंकि वह वेश्यावृत्ति करती थी।

और वह रमा क्या बन गई थी!

विवाह क्या स्थगित हुआ, संसार की सारी बदनामी, अपयश और अपमान उसकी झोली में और उसके पिता की पगड़ी में डाल दिए गए थे।

रमा ने वे गुल खिलाए थे जो उसके शराबी भाई पूरन ने भी न खिलाए थे।

अब पिता और पुत्री में परस्पर बात न होती। पिता पुत्री से घृणा करता था और पुत्री पिता से घृणा करती थी। पूरन दोनों से घृणा करता था और विमला भाभी रमा से घृणा करती थी।

घृणा के इस घरौंदे में यदि कोई रमा को प्रेम करता था तो वह छोटा भाई राज था, जो अभी तक इस योग्य न हुआ था कि कुछ कमा सके। वह अभी तक मोटर कारों की मरम्मत का काम सीख रहा था; और सिखाने वाला उसे कुछ न देता था।

यह था इस घर का नक्शा जो ऐसे नर और नारी ने बनाया था जिनका केवल एक दोष था। वह दोष था कि उन्होंने जाति, बिरादरी और धर्म को ठुकराकर विवाह किया था।

और इस विवाह का प्रभाव संतान पर किस प्रकार पड़ा था, उसकी हल्की-सी तस्वीर सामने आ चुकी थी, और शेष अभी आनी थी।

जब पिता ने बेटी में दिलचस्पी लेनी बन्द कर दी, तो इसका मतलब यह न था कि रमा कुंआरी रहती। भला ऐसी सुन्दर लड़की कुंआ रह सकती थी!

लेकिन रमा अभी तक सतीश की प्रतीक्षा में बैठी थी। वह अभी तक इस भ्रम को सीने से लगाए बैठी थी कि एक दिन उसका सतीश उसे लेने आएगा।

सतीश कभी न आया।

अब उसकी हर आशा टूट गई; और वह भी उस प्यार को भुला बैठी, क्योंकि बदलते ज़माने के साथ प्यार में अब वह गर्मी और उग्रता न रही थी जो पुराने ज़माने के प्रेमियों में होती थी। अब प्रेम केवल एक खेल था। ठंडी आहें, रात को जागना, पीला चेहरा, बीमार रूह अब प्रेम की निशानी न रहे थे। प्यार अब सिनेमा का शो था। शो खत्म हुआ और दूसरी फिल्म की प्रतीक्षा शुरू हो गई।

अब दूसरी फिल्म कब और कहां रिलीज़ होगी, इस सवाल का जवाब रमा के पास न था।

फिर उसकी आयु ही क्या थी! समाज में तो इतना परिवर्तन आ

चुका था कि लड़कियां सत्ताईस-अट्ठाईस और तीस वर्ष तक कुंआरी रहना चाहती थीं और परिस्थितिवश रह रही थीं। रमा तो अभी केवल सत्रह-साढ़े सत्रह की थी।

फिल्म का दूसरा शो इस बार बुआ ने शुरू किया। वह एक ऐसे लड़के का रिश्ता लाई जो लखपती पिता का बेटा था। पिता की फैक्टरी थी। टीन की बाल्टियां, ट्रंक इत्यादि तैयार होते थे।

टीन की चादर ब्लैक में बिकती थी, इसलिए टीन की चीज़ें तैयार करने वाले धन में खेलने लगे थे। और इनमें गणेशदास भी था; और गणेशदास का दूसरा बेटा यदि शिक्षा से दूर भागता रहा था तो क्या अन्तर पड़ता था! घर की फैक्टरी हो तो शिक्षा की क्या आवश्यकता थी! इसलिए दूसरे बेटे यानी भगवानदास ने दस वर्ष में सात श्रेणी पास की थीं। पिता की बड़ी अभिलाषा थी कि बेटा दस श्रेणी तक पढ़ जाए, लेकिन भगवानदास ने भी हठ पकड़ रखी थी कि वह आठवीं क्लास भी पास न करेगा।

भगवानदास ने छोटी आयु में ही सिगरेट पीना शुरू कर दिया था। पिता के रुपये चोरी करता, सिनेमा देखता। बाज़ार का हर खोंचे वाला उसे जानता था, और वह उनका स्थायी ग्राहक था।

जब सोलह वर्ष का हो गया तो उसने शराब पीना सीख लिया था। चोरी, सिनेमा, ज़ुबान की चाट, सिगरेट और शराब में—यानी वह हर लिहाज़ से माडर्न लड़का था। और एक माडर्न लड़के की भांति उसे पढ़ाई से घृणा थी।

पिता ने तंग आकर उसे स्कूल से उठा लिया। अब वह फैक्टरी में मज़दूरों के साथ मज़दूरों की भांति काम करता था। जब काम करता तो उसके शरीर पर बनियान और अंडरवियर होता। मज़दूरों में वह मज़दूर दिखाई पड़ता, और कोई न कह सकता कि वह फैक्टरी के मालिक का बेटा है।

जब वह अठारह वर्ष का हो गया तो कठोर परिश्रम, बेफिक्री और अच्छी खुराक के कारण वह अच्छा-खासा जवान निकला।

चोरी, सिगरेट, शराब और सिनेमा जैसी बुरी आदतों को भगवानदास छोड़ न सका तो एक दकियानूसी पिता की भांति गणेशदास ने भी वही किया जो इस परिस्थिति में अगले समय के पिता किया करते थे। यानी बेटे को सुधारने के लिए उसका विवाह कर देते थे। उनकी सूझ के अनुसार नालायक बेटे का सुधार विवाह में था। यानी विवाह एक ऐसा तरकश था जो नालायक बेटे के गले में डाल दिया जाए तो वह अपनी बुरी हरकतों से बाज़ आ जाएगा।

गणेशदास को ऐसी लड़की की ज़रूरत थी जो उसके आवारा बेटे के गले में फंदा डाल दे, पांव में ज़ंजीर और उसे बाज़ुओं के घेरे में लेकर आवारगी से मुक्ति दिला दे।

भगवानदास के पूर्ण कला-सम्पूर्ण होने में केवल एक कला की कमी थी। वह यह थी कि उसने अभी तक वेश्याओं के पास जाना न आरम्भ किया था। यदि जल्दी उसका विवाह न कर दिया गया तो यह भी शुरू कर देगा।

वैसे गणेशदास ने उसे सुधारने के लिए प्रत्येक हथकंडे का प्रयोग किया था। उसकी सूझ के अनुसार यदि जवान संतान को मज़दूरों और घर के नौकरों की उपस्थिति में पीट दिया जाए तो लाज से वह सिर न उठा सकेगा, लेकिन यह उसकी सबसे बड़ी भूल सिद्ध हुई। जब भगवानदास कई बार पिट चुका तो उसने लाज को ताक पर रख दिया और निर्लज्ज और ढीठ भी हो गया। उसने कई बार घर से बड़ी-बड़ी रकमें चोरी की और दोस्तों के साथ घर से भाग गया। दूसरे शहरों की धूल छानने और दौलत लुटाने के बाद जब भूखा-नंगा हो जाता तो घर लौट आता।

पिता उसकी जूतों से आवभगत करता, और फिर फैक्टरी में मज़दूर के काम पर लगा देता।

इस बार जब पिता ने पुत्री की जवानी पर कोई ध्यान न दिया तो रमा की सहायता को उसकी बुआ आ पहुंची।

"मैंने तेरे लिए एक लड़का देखा है," बुआ ने बात शुरू की, "लेकिन पहले यह बताओ कि तेरे सिर से प्रेम का भूत उतरा है या नहीं?"

"उतर गया है बुआ!" रमा ने यूं कहा जैसे पहली फिल्म खत्म हो गई थी और अब वह नई फिल्म देखना चाहती थी।

"तो फिर तेरे ब्याह की बात करूं?"

"कहां?"

"कहां?" बुआ ने गहरी सांस ली। "तेरी जवानी और सुन्दरता पर तरस आता है, वरना तूने जो पहले कर दिखाया उसके बाद तो कोई भी तेरे साथ विवाह न करेगा।"

"वह मेरी नादानी थी।"

"तो अब सुन। लड़के का पिता लखपती है। अपनी फैक्टरी है, अपनी कोठी है और कार है—और तू मेरी बात मान ले तो राज करेगी।"

"और लड़का क्या करता है?"

"लड़का पिता के साथ फैक्टरी में कामक रता है।" बुआ ने सच बताया; अब यह बात अलग थी कि वह मज़दूरी करता था।

"पढ़ा कितना है?"

"अधिक नहीं, मैट्रिक पास है। फिर जिन लोगों के अपने कारोबार होते हैं वे लड़कों को अधिक नहीं पढ़ाते।"

"बुआ, मुझे कोई आपत्ति नहीं। केवल दो बातें ध्यान में रखना।" रमा ने कहा।

"कौन-कौन-सी?"

"एक तो लड़का निखट्टू न हो और दूसरा शराबी न हो।"

"निखट्टू!" बुआ गुर्राई, "जिसके पिता की लाख रुपये से अधिक की फैक्टरी हो वह निखट्टू होता है?"

"और शराबी?"

"बिलकुल नहीं।" बुआ को शायद घूंस मिली थी, या अब रमा के लिए वही सहानुभूति रखती थी जो गणेशदास अपने बेटे भगवानदास से रखता था। बुआ भी यही सोचती थी कि विवाह के बाद आवारा-लफंगा और शराबी भगवानदास सुधर जाएगा। इसलिए शराब की चर्चा करने की भला क्या आवश्यकता थी! "बस रमा बेटी, यूं समझ ले कि तू राज करेगी। घर में नौकर हैं। काम करना नहीं पड़ेगा। कार है घूमने के लिए। और सुना है कि वह पचास तोले यानी छ: सौ ग्राम सोने के गहने तुम्हें पहनाएंगे।"

"पचास तोले के गहने!"

"मैंने कहा नहीं कि वह लखपती हैं! अब क्या लखपती की बहू को पांच तोले के गहने पहनाए जाते हैं!"

"लेकिन बुआ, हम तो गरीब हैं।"

"उन्हें बस सुन्दर लड़की चाहिए। तुम्हारे जैसी। तुम केवल सुन्दर ही नहीं, बल्कि पढ़ी-लिखी भी हो। फिर सिलाई का डिप्लोमा तम्हारे पास है। घर का काम-काज भी जानती हो। भला इतने गुण आजकल की लड़कियों में कहां?"

"बुआ! बस ध्यान रखना, मेरी केवल दो इच्छाएं हैं। एक तो लड़का निखट्टू न हो, दूसरा शराबी न हो।"

"क्या मैंने बताया नहीं! और फिर मैं तुम्हारी दुश्मन नहीं। क्या हुआ आज भाभी नहीं, मैं तो जीवित हूं। मुझे अपनी मां के बराबर समझो। आज तुम्हारी मां जीवित होती तो ऐसा रिश्ता पाकर खुशी से

फूली न समाती। मैं तो कहती हूं कि सुषमा बहुत सुखी है। लेकिन तुम उससे भी अधिक सुख पाओगी।"

'क्या ऐसा संभव है?' रमा ने सोचा। आखिर सुषमा भी तो निराश हो चुकी थी कि उसे कोई अच्छा लड़का न ब्याहेगा; और उसे कितना अच्छा दामाद मिला। आज उसके विलायत से पत्र आते थे, तस्वीरें आती थीं। वह कितनी खुश थी—उसे कोई दुःख न था।

सुषमा को भी तो वह इसीलिए ब्याहकर ले गया था कि वह सुन्दर थी। मां से उन्हें जो सुन्दरता मिली थी आज वह काम आ रही थी।

कहां एक प्राइमरी स्कूल-टीचर की संतान और कहां लखपती पिता का बेटा!

"फिर मैं हां कह दूं?"

"जैसा तुम बेहतर समझती हो।" रमा ने कहा।

"फिर सोच लो। ऐसा लड़का आसानी से नहीं मिल सकता। यह तो तुम्हारे भाग्य की बात है। उनकी मांग भी कुछ नहीं। तीन कपड़ों में भी वे ले जाने को तैयार हैं।"

"ऐसी बात तो नहीं बुआ! मां ने सात साड़ियां तैयार करा रखी हैं।"

"मैं जानती हूं, लेकिन वे साड़ियां देखना जो लड़के वाले लाएंगे। बनारसी, कमख्वाब, बंगलौरी और न मालूम कौन-कौन-सी।"

"हूं।" रमा ने केवल इतना कहा।

"तो मैं आज ही उन्हें पत्र लिख देती हूं। विवाह में भी वे अधिक देर नहीं लगाएंगे। इधर मंगनी, उधर विवाह। उन्हें केवल लड़की पसन्द पानी चाहिए, और मैं जानती हूं, वे तुम्हें अवश्य पसन्द करेंगे।"

और यह विवाह हो गया।

पिता ने तो विवाह पर डेढ़ हज़ार ही खर्चा, लेकिन बुआ ने जैसा

कहा था वह सच निकला। उसे गहनों से पीला कर दिया गया। सच-मुच उसकी ससुराल वाले कोठी में रहते थे। दो जवान ननदें थीं, जो कालेज में पढ़ती थीं। एक जेठानी-जेठ, सास-ससुर, एक देवर। भर-पूर घर था। सैर करने के लिए कार थी।

रमा के तो भाग्य खुल गए।

14

विवाह के कुछ दिन उपरान्त बनारसी साड़ी और गहनों से लदी रमा अपने मायके आई।

निम्न-मध्यम वर्ग में इतने गहने किसीने न देखे थे। हर व्यक्ति की आंखें खुली की खुली रह गईं, और लोग रमा के भाग्य पर ईर्ष्या करने लगे।

जब बुआ मिलने आई तो रमा उसके गले लग गई।

"क्यों, मेरी बेटी, खुश तो हो?"

"खुश! बुआ, मैं खुशी से पागल न हो जाऊं।"

"मैंने जो कुछ कहा था, वह सब ठीक निकला?"

"बिलकुल। बल्कि सास-ससुर तो मुझे पांव भी धरती पर रखने नहीं देते। वे तो मेरी पूजा करते हैं। जैसे मैं चलूंगी-फिरूंगी और काम करूंगी तो मैली हो जाऊंगी।" रमा ने कहा।

"और पति?"

"वह तो देवता है। मेरी पूजा करता है। मेरे बिना जीवित नहीं रह सकता।" रमा ने कहा।

"खैर, खुश रहो। यही मेरी प्रार्थना है।"

"बुआ, मैं तुम्हारा अहसान नहीं भूल सकती!"

"यह अहसान नहीं, यह मेरा कर्तव्य था।"

विमला भाभी अपनी जगह खुश थी, और वह यूं प्रकट कर रही थी कि जैसे यह रिश्ता उसने कराया था।

गली-मुहल्ले के लोग उसके भाग्य पर ईर्ष्या और डाह करने लगे थे—इतना ज़ेवर!

लेकिन पिता अब भी नाराज़ था। वह अब भी खिंचा-खिंचा था। और रमा को उसकी परवाह न थी, बल्कि जो घृणा उसके दिल में पिता के लिए पैदा हो चुकी थी वह अभी तक खत्म न हुई थी।

एक दिन रमा राज के साथ सर्कस देखने गई। उसने बहुत-सा ज़ेवर पहन रखा था।

राज बुकिंग आफिस पर टिकट खरीदने गया था और रमा एक ओर खड़ी प्रतीक्षा कर रही थी कि एक बुढ़िया उसके पास आई।

"बेटी, बुरा न मानो तो एक बात कहूं?"

"कहो।" रमा ने उस बुढ़िया को ध्यान से देखा। उसकी समझ के अनुसार वह कोई फरियाद करने वाली थी।

"इतना ज़ेवर नहीं पहनते। ये दिन अच्छे नहीं। शहर में ऐसी घटनाएं प्रायः होती हैं कि उचक्के गहने उतारकर भाग गए।"

"मां, यदि भगवान ने मुझे गहने दिए हैं तो क्यों न पहनूं!" रमा ने गर्व से कहा।

"भगवान ने दिए हैं!" बुढ़िया ने गहरी सांस ली, "बेटी, इतना घमंड अच्छा नहीं।"

"घमंड कैसा?"

"तुमने कहा ही कुछ इस ढंग से है।"

"यदि तुम्हें बुरा लगा है तो अपना काम करो।"

"खैर, मैं तो अपना काम ही करूंगी, लेकिन एक दिन यह घमंड

टूट जाएगा।"

रमा को बहुत ही बुरा लगा। यदि राज टिकटें लेकर न आ जाता तो वह कोई कठोर-सी बात कह देती।

"टिकटें मिल गईं?"

"हां रमा! आओ।"

वे दोनों चल पड़े। "यह बुढ़िया क्या कह रही थी?"

"कह रही थी कि इतना ज़ेवर नहीं पहनते।"

"और तुमने क्या कहा?"

"मैंने कहा, भगवान ने दिए हैं तो क्यों न पहनूं। कहने लगी कि इतना गर्व नहीं करते। एक दिन यह घमंड उड़ जाएगा—ऊंह, जैसे इसने दिया है।"

"खैर, छोड़ो उसकी बात को।"

रमा पांच दिन मायके रही, और जिस दिन जाने लगी तो उसने राज से कहा कि वह उसके साथ चले। उसे इलाहाबाद छोड़ आए। राज तैयार हो गया।

भगवानदास, रमा और राज तीनों इलाहाबाद के लिए रवाना हो गए। रमा अपने भाई को ससुराल का ठाट-बाट दिखाना चाहती थी। इधर राज को अब दो सौ रुपये मासिक वेतन मिलने लगा था। मालिक ने छुट्टी देने से इंकार किया तो राज बिना छुट्टी के ही चल दिया। वहां वह दो-चार दिन के लिए गया था, लेकिन रमा ने उसे रोक लिया और कहा कि वह यहां स्थायी रूप से रहे। इसके लिए उसने सास-ससुर से आज्ञा लेना आवश्यक न समझा।

रमा की ननद कांता कालेज में पढ़ती थी और उसकी दो सहेलियां थीं जो उसकी सगी बहिन समान थीं—शशि और रीटा।

शशि और रीटा कालेज से छुट्टी के बाद कांता के साथ कांता के घर आ जाती थीं। रमा उनकी समवयस्क थी, इसलिए वे उसकी भी सहेली बन गईं; और चारों बहुत पक्की सहेलियां बन गईं।

आयु के लिहाज़ से उनके वार्तालाप का विषय एक ही था—फिल्में। वे पहरों नई-पुरानी फिल्मों, हीरो-हीरोइनों की बातें करती रहती थीं। अभिनय की नकल भी करतीं और फिर फिल्मों के गाने गाए जाते।

शशि और रीटा के माता-पिता सिंगापुर में रहते थे। पिता वहां कारोबार करता था, और उन्होंने बेटियों को उनके चाचा के पास छोड़ दिया था।

पहले वे देहरादून में एक पब्लिक स्कूल में पढ़ती थीं। वहां शशि का एक सैनिक अफसर से प्रेम हो गया था। जब यह रहस्य खुला और स्कूल की शिक्षा पूरी हो गई तो चाचा ने उन्हें अपने पास बुला लिया और इलाहाबाद में ही कालेज में प्रवेश दिला दिया।

जीवन क्या था! केवल हंसी-मज़ाक, खुशी और बेफिक्री का भंडार था। गम, दुःख-दर्द, मुसीबत, चिंता का नाम व निशान तक न था।

समय व्यतीत होने लगा, बल्कि दौड़ने लगा। इस शांत जीवन में एक दिन तूफान खड़ा हो गया।

अब तक तो पिता और पुत्र में कोई ऐसी बात न हुई थी जिससे रमा को पता चलता कि उसका पति अपने पिता की फैक्टरी में मालिक की हैसियत से काम नहीं करता, बल्कि वह मज़दूरों के साथ एक मज़दूर की भांति काम करता है और उसे केवल सौ रुपया जेबखर्च मिलता है।

संध्या का समय था। संध्या का खाना खाया जा रहा था कि गणेशदास फैक्टरी से घर पहुंचा।

आते ही वह गरजा, "वह उल्लू का पट्ठा कहां है?"

हर किसीने खाना रोक लिया।

रमा न समझ सकी कि यह किसे कहा गया है। गणेशदास रसोईघर के दरवाज़े में आकर खड़ा हो गया।

"मैं तुम्हें कह रहा हूं हरामज़ादे!" उसने दरवाज़े में खड़े होकर गरजकर कहा।

भगवानदास ने खाना बन्द कर दिया था और पिता को देखने लगा।

"जी...जी..." भगवानदास ने धीरे से कहा।

रमा का माथा ठनका। तो यह गालियां उसके पति को दी जा रही थीं! वह तो डर से कांपने लगी। जब से विवाह हुआ था उसने पहली बार यह हंगामा देखा था।

"जी के बच्चे! उल्लू के पट्ठे! आज तुम दुपहर के बाद कहां रहे?" गणेशदास ने कहा।

भगवानदास ने उत्तर न दिया।

"सुना नहीं, मैंने क्या पूछा है? मैं कुत्ता हूं जो भौंक रहा हूं? मैं तुमसे पूछ रहा हूं कि हरामज़ादे, आज दिन में कहां रहे?"

"जी, बाज़ार गया था।"

"कौन-से बाज़ार?"

"सिरीधर की दुकान पर।"

"झूठ! सिरीधर शाम को फैक्टरी आया था। सच बताओ कौन-सा सिनेमा देखने गए थे?"

"जी...जी..."

"जी...जी क्या कर रहा है?" पिता अब रसोईघर के भीतर आ गया था और भगवानदास के पास पहुंच गया था।

"आप क्या कर रहे हैं? बहू बैठी है। जवान बेटा है। इस प्रकार गाली-गलौज से बात क्यों कर रहे हैं?" मां बोली।

"तुम ज़ुबान बन्द रखो! मैं इस हरामजादे को ठीक करके रहूंगा।

बहू बैठी है तो मैं क्या करूं? हरामज़ादा अपनी हरकतों से बाज़ नहीं आएगा! और यह कभी नहीं बदल सकता। तुम कहती थीं कि विवाह के बाद बदल जाएगा; लेकिन मैं जानता था कि यह कभी नहीं बदल सकता!" कहकर पिता ने भगवानदास के एक ठोकर मारी।

भगवानदास ठोकर की मार से कराह उठा, "मैं मरा!"

"तू मरा? कुत्ते की संतान, तू नहीं मर सकता। तू तो प्रथम दर्जे की ढीठ हड्डी से बना है।" कहकर उसने थप्पड़ जड़ दिया।

रमा के तो होश उड़ गए। वह कभी पति को देखती और कभी ससुर को। फिर अपने भाई राज को देखती।

"होश कीजिए! आप बहू के सामने उसे पीट रहे हैं!" मां बोली।

"मैंने तुम्हें कहा था कि ज़ुबान बन्द रखो। मैं आज इसकी हड्डी-पसली एक कर दूंगा! यह फिर फैक्टरी से गोल होकर सिनेमा देखने गया था।"

"मैं सिनेमा देखने नहीं गया था।"

"और केदारनाथ झूठ बोल रहा है, जिसने तुझे देखा था?"

"सिनेमा देखा है तो क्या हुआ? जवान बेटा है।" मां बोली।

"तुमने फिर ज़ुबान खोली?" और पत्नी की ज़ुबान बन्द करने के लिए उसने बेटे पर दो-तीन हाथ छोड़ दिए।

रमा तो थर-थर कांपने लगी।

"जुआ, शराब, सिनेमा! दुनिया की कौन-सी बुराई नहीं है इसमें! और तुम कहती थीं कि विवाह के बाद सुधर जाएगा! आज से इसका खाना अलग कर दो। पति-पत्नी पकाएं और खाएं।" पिता ने आदेश दिया।

'शराब!' रमा का मस्तिष्क भन्ना उठा। तो उसका पति शराब पीता था? और उसने तो बुआ से कहा था कि बुआ ऐसा पति चाहिए जो शराबी न हो; क्योंकि घर में एक शराबी की जो दुर्गति वह देख चुकी थी, वह बहुत थी। दूसरा वह निखट्टू न हो।

"अच्छा। ऐसा ही हो जाएगा। अब आप शांति करें।" पत्नी बोली।

"शांति तो इसके मरने के बाद आएगी। न मालूम यह कौन-सी मनहूस घड़ी में पैदा हुआ था! काम के समय इसे सिनेमा सूझता है। क्या शाम को नहीं देख सकता? बस, आज से इनका खाना अलग। सौ रुपये मासिक में निर्वाह करें।"

'सौ रुपये मासिक!' रमा ने सुना तो उसकी आंखों में आंसू आ गए। स्त्री अपने पति को इस तरह पिटता नहीं देख सकती। यह उसके स्वाभिमान का प्रश्न है। रमा को अनुभव हो रहा था, यह ठोकर और थप्पड़ उसे मारे गए हैं। सारे घरवालों की उपस्थिति में उसके पति को पीटा गया था।

भगवानदास खाना भूल गया था, और वह रसोईघर से निकल गया। रमा की भूख भी खत्म हो गई थी। वह भी धीरे से पति की तलाश में निकल पड़ी। भगवानदास उस कमरे में था जो उन्हें रहने के लिए दिया गया था। वह भीतर गई तो पति क्रोध से बिफरा हुआ था। कुछ देर रमा पति को देखती रही।

"लाइए, मैं आपका शरीर दबा दूं।"

"रहने दो।"

"आखिर हुआ क्या था?"

"मेरा सिर!" भगवानदास ने क्रोध पत्नी पर उतारना चाहा, "मैं इस घर में एक पल नहीं रह सकता। जहां मनुष्य का मान न हो वहां रहने से क्या प्राप्त! इससे तो भला है कि झोंपड़ी में रह लूं और रूखी-सूखी खा लूं।"

"मैं आपके साथ हूं।" रमा ने कहा।

"तुम मेरे साथ हो?"

"जी हां। मेरी जगह आपके साथ है।"

"ओह!" कहकर भगवानदास ने रमा के कंधे पर सिर रख दिया और बच्चे की भांति फूट-फूटकर रोने लगा।

"लानत है इस कोठी पर और इस कार पर! इससे तो हम गरीब ही अच्छे!"

"रमा, क्या बताऊं, मैं यहां कितना दुखी हूं।"

"अच्छा, एक बात बताइए।"

"पूछो।"

"आप शराब पीते हैं?"

"पीता था; लेकिन जब से तुम आई हो, मैंने शराब को छुआ तक नहीं। मैं फैक्टरी में एक मज़दूर की भांति, मज़दूरों के साथ, काम करता हूं। कभी तुम फैक्टरी आओ तो मुझे पहचान न सको। कारीगरों के साथ मैं भी बनियान और कच्छे में हथौड़े चलाता हूं। बड़ा भाई मालिक की भांति दफ्तर में आरामकुर्सी पर बैठता है और मेरी जगह मज़दूरों में है। यदि आज सिनेमा देखने चला गया तो क्या आफत आ गई थी!"

"जब से मैं आई हूं आपने शराब को छुआ तक नहीं?" रमा ने प्रश्न किया।

"तुम्हारे सिर की सौगन्ध! क्या किसी दिन तुमने बू पाई है?"

"नहीं।"

"फिर?"

"और आप फैक्टरी में मज़दूरों के साथ, मज़दूर की भांति, काम करते हैं?"

"हां।"

"क्या विवाह से पहले भी पिताजी ने आपको पीटा है?"

"दर्जनों बार।"

"ओह! और मैं उन्हें देवता समझती थी।"

"आज तुमने अपनी आंखों से देवता को देख लिया है।"

"हे ईश्वर! ऐसा जल्लाद है आपका पिता!" रमा ने कहा और उसे अपने बाज़ुओं में समेट लिया।

"रमा! रमा! मेरा इस संसार में तुम्हारे सिवा कोई नहीं। यदि तुम न होतीं तो मैं आत्महत्या कर लेता।"

रमा यही शब्द सुनना चाहती थी। आज के बाद भगवानदास की बागडोर उसके हाथ में होगी। यह पति तो उसकी दया का पात्र था।

"मैं आपसे प्रेम करती हूं।"

"मैं जानता हूं। इस घर में मेरे साथ कोई प्रेम नहीं करता। पिता को देख लिया है। मां भी ऐसी ही है। भाभी और भाई भी। और बहिनें—उनकी बात छोड़ दो।"

"मैं प्यार दूंगी। इतना प्यार कि आप इस दुनिया की घृणा को भूल जाएंगे।"

"मुझे तुमसे यही आशा थी।" भगवानदास ने कहा।

"लेकिन रमा, अब हमारा क्या होगा?"

"क्यों?"

"मुझे केवल सौ रुपये मिलते हैं। हमारा खाना अलग कर दिया गया है। हम निर्वाह कैसे करेंगे?"

"आप बिलकुल चिंता न करें। मैं सौ रुपये की जगह पचहत्तर रुपये में निर्वाह कर सकती हूं और घर चला सकती हूं। और आवश्यकता पड़ी तो मैं भी कोई काम शुरू कर दूंगी।"

"तुम काम करोगी?"

"विवाह से पहले मैं साइकल की गद्दियों के कवर सिया करती थी और पांच-सात रुपये रोज़ बना लेती थी। मैं नमक के साथ रोटी खा

लूंगी—जैसी भी होगी। कोई गिला या शिकायत न करूंगी, और इन्हें दिखा देंगे कि हम कितने खुश हैं।"

"रमा! रमा! तुम कितनी अच्छी हो! यदि तुम न होती तो..."

"बस, अब कुछ न कहिए।" कहकर रमा ने उसके होंठों पर उंगली रखकर उसे चुप करा दिया।

"प्रत्येक नारी अपना घर चाहती है, चाहे वह कैसा ही हो। हमें इनके धन, कार, कोठी से कोई सरोकार नहीं। मैं आपका जीवन-भर साथ दूंगी।" रमा ने कहा।

भगवानदास को नवजीवन मिल गया।

"यदि पिताजी ने फैक्टरी से भी अलग कर दिया तो मैं बाहर काम कर सकता हूं। और बाहर मुझे दो-अढ़ाई सौ रुपये मिल सकते हैं।"

"नहीं। जब तक वह अलग न करें आप बाहर कहीं काम न करें। आपको मेरी सौगन्ध!"

"बेहतर।"

अगले दिन उन्हें कुछ बर्तन दे दिए गए और इसके बदले में रमा का सारा ज़ेवर पिता ने उतरवा लिया। रह गए उसके गले में एक हल्का-सा हार, कानों में बालियां, दो अंगूठियां और कलाइयों में दो चूड़ियां।

रमा ने कोई आपत्ति न की, बल्कि उसे सास-ससुर से घृणा हो गई।

रमा खाना तैयार करना जानती थी, इसलिए उसने पहली बार अपना और अपने पति का खाना तैयार किया। अब वह यह न जानती थी कि खाना फैक्टरी किस तरह पहुंचाया जाए। उसने देवर से कहा, और जब शेष लोगों का खाना गया तो उसने पति का खाना भी भिजवा दिया।

संध्या को भगवानदास फैक्टरी से आया तो रमा ने सबसे पहला प्रश्न किया, "मेरे हाथ का पका खाना पसन्द आया?"

"पसन्द आया? ऐसा खाना तो मुझे पहले कभी नसीब ही न हुआ। मैंने तो अंगुलियां चाट लीं।"

"झूठ!"

"सच। चावल बहुत अच्छे बने थे।"

"अच्छा! अब आप मुझे बताइए कि आपको खाने में क्या-क्या पसन्द है, ताकि मैं वही बनाया करूं।"

भगवानदास ने नाम गिनवा दिए।

जीवन व्यतीत होने लगा। शशि और रीटा अब भी मिलने आती थीं; और दिन उनके साथ बातों में गुज़र जाता। सास भी बातें करती थी, जेठानी भी, लेकिन रमा अपने कमरे में रहती। वह उनके पास न जाती।

15

इस शांत जीवन में एक दिन हंगामा खड़ा हो गया। भगवानदास, राज, रमा, शशि, रीटा और कांता ने मिलकर एक फिल्म देखी। फिल्म में दिखाया गया था कि माता-पिता अपनी संतान से लापरवाह होकर अपने जीवन में इतने मस्त हो जाते हैं कि संतान को उतना प्यार व स्नेह नहीं देते जितना दिया जाना चाहिए। केवल धन देकर समझ लेते हैं कि संतान को प्यार मिल गया। इस फिल्म ने उनके मासूम दिमागों पर जादू का प्रभाव किया।

इस फिल्म को देखकर वे घर पहुंचे और रमा के कमरे में जमा है हो गए।

"फिल्म कैसी थी?" भगवानदास ने कहा।

"मैं बताऊं?" रीटा ने कहा।

"हां।"

"बिलकुल हमारे जीवन पर बनी।" रीटा ने कहा।

"क्या मतलब?"

"हमारे माता-पिता सिंगापुर में रहते हैं, और हम यहां कभी बोर्डिंग हाउस का जीवन गुज़ारती हैं और कभी चाचा की दया पर निर्भर रहती हैं।" रीटा बोली।

"बिलकुल ठीक।" शशि ने टोका, "हमें आज तक माता-पिता का स्नेह नहीं मिला।"

"और मुझे कहां मिला है," भगवानदास बोला, "यद्यपि मैं माता-पिता के पास रहता हूं।"

"और मैं अपने पिताजी से घृणा करती हूं।" रमा बोली।

"क्यों?" शशि ने पूछा।

"उन्होंने आज तक मेरी किसी इच्छा को पूरा नहीं किया।" रमा ने जोश में कहा।

"क्या कह रही हो?" राज ने उसे टोका। वह डर गया कि कहीं जोश में रमा अपने प्रेम की कहानी न सुना डाले और यह न बता दे कि एक विवाह किस प्रकार स्थगित हुआ था।

"ठीक कह रही हूं राज! तुम जानते हो, उन्होंने मझे कभी खिलौना तक नहीं लेकर दिया। कभी मेरे लिए कोई कपड़ा नहीं खरीदा, चप्पल तक नहीं खरीदी।" रमा ने कहा।

"ओ हां।" राज ने शांति की सांस ली।

"हमारा तो जीवन दूभर है। मैं तो घुट-घुटकर मर जाऊंगी।" शशि ने कहा।

"लेकिन तुम्हारा तो विवाह हो रहा है। विवाह के बाद जीवन ठीक हो जाएगा।" रमा ने कहा।

"जैसे तुम्हारा हुआ है।" शशि ने उत्तर दिया।

"लेकिन मैं इन्हें प्यार करती हूं, और यह मुझे।" रमा ने दलील दी।

"और मैं जिससे प्रेम करती हूं, उसके साथ मेरा विवाह नहीं हो सकता।" शशि ने कहा।

"मेरा वश चले तो मैं घर से भाग जाऊं।" रीटा बोली।

"और मैं भी।" शशि ने समर्थन किया।

"लेकिन भागकर कहां जाओगी?" रमा ने कहा।

"हम पढ़ी-लिखी हैं। नौकरी कर लेंगी।" शशि ने कहा।

"यह भारतीय फिल्में बनाने वाले कभी नहीं सोचते कि इनकी फिल्मों का प्रभाव अबयस्कों के मस्तिष्क पर क्या पड़ेगा। एक फिल्म देखकर राजस्थान के एक लड़के ने एक राजवाड़े की हत्या कर दी। जेबें कतरना, कारें चोरी करना, डकैती, इस प्रकार की बातें तो नवयुवकों के दिल पर पूर्ण रूप से प्रभाव डालती हैं। और इन फिल्मों में जो परिणाम या सुधार का निष्कर्ष दिखाया जाता है, उसको वे विस्मृत कर देते हैं।"

यहां पांच कच्चे दिमाग थे, और रमा उनकी लीडर थी।

"हां।" शशि और रमा ने एकस्वर होकर कहा।

"मेरा वश चले तो मैं आज ही घर से भाग जाऊं।" भगवानदास ने भी अपनी इच्छा प्रकट की।

यहां प्रत्येक व्यक्ति परिस्थिति से विवश था और असंतुष्ट था; और फिल्म का इतना गहरा प्रभाव था कि उनके अनुभवहीन मस्तिष्क विद्रोह पर अग्रसर हो गए।

"मुझे तो हीरो का अभिनय पसन्द आया।" राज बोला।

"और मुझे लड़कियों का सिगरेट पीना बहुत पसन्द आया। दम मारा और चिंता दूर।" शशि ने कहा।

"मेरे पास सिगरेट हो तो मैं भी ऐसे ही फूंकूं।" रीटा ने कहा।

"सिगरेट मेरे पास है।" भगवानदास बोला।

"तो एक सुलगा दो। हम सब बारी-बारी कश लगाएंगे।" शशि ने सलाह दी।

"लेकिन इसमें चरस तो नहीं होगी।" रमा ने कहा।

"मैं चरस बेचने वालों को जानता हूं। क्यों न जाकर एक गोली ले आऊं।" भगवानदास ने चरस के सिगरेट फूंके थे।

"क्या तुम बना सकते हो?" राज ने पूछा।

"मैं उसीसे सिगरेट बनवा लाऊंगा।" भगवानदास ने कहा, यद्यपि वह चरस भरना जानता था।

"क्या आपने कभी चरस पी है?" रमा ने पति से पूछा।

"कई बार।" भगवानदास ने शेखी बघारी।

"कैसी होती है?" शशि ने पूछा।

"आंखें चढ़ जाती हैं और वह मज़ा आता है कि आदमी जैसे स्वर्ग में पहुंच गया हो।"

"फिर तो एक सिगरेट लाओ।"शशि बोली, "आज हम भी तनिक दम मारें।"

"एक से क्या बनेगा! हम पांच हैं, दो-तीन सिगरेट लाओ।" रीटा ने सलाह दी।

"तो मैं पन्द्रह मिनट में आता हूं।" कहकर भगवानदास जाने के लिए खड़ा हो गया।

"मैं भी चलूं?" राज ने पूछा।

"आओ।"

वे दोनों चले गए।

तीनों लड़कियां फिल्म की हीरोइन की ऐक्टिंग की नकल उतारने लगीं और इस विचार से खुश हो रही थीं कि वे भी चरस के सिगरेट फूंकेंगी।

शशि एम० ए० के फाइनल ईयर में थी, और रीटा बी० ए० सैकण्ड ईयर में थी।

"शशि, तुम्हारे विवाह की तिथि पक्की हो गई है?" रमा ने प्रश्न किया।

"अभी नहीं। अठारह तारीख को डैडी और ममी सिंगापुर से आ रहे हैं। आकर तारीख पक्की करेंगे।"

"और तुम्हें यह विवाह पसन्द नहीं?"

"बिलकुल नहीं। यदि मेरा विवाह हो गया तो मैं ससुराल में जाकर पहली रात को ही विष खा लूंगी।" शशि ने कहा।

"यह तो बुरी बात है।" रमा ने कहा।

"बुरी बात तो है, पर क्या किया जाए?" रीटा ने कहा।

"मैं बताऊं?" शशि बोली।

"कहो।" रमा ने आज्ञा दी।

"आयो, हम सब घर से भाग जाएं। किसी दूसरे शहर में जाकर दौकरी कर लेंगे और खूब मज़े से रहेंगे।" शशि ने सलाह दी।

"तंग तो मैं भी इस घर में बहुत हूं," रमा ने कहा, "हमारा खाना अलग कर दिया है, और केवल सौ रुपये मासिक देते हैं। सारे गहने उतरवा लिए हैं। कुत्तों से बुरा व्यवहार करते हैं और ताने देते हैं कि दहेज में क्या लाई हूं।"

"बस भाभी, फिर तो आओ सब भाग चलें।" शशि बोली।

"अच्छा, इन्हें आने दो। फिर प्रोग्राम बनाते हैं।" रमा ने कहा। वह तो खुशी से नाचना चाहती थी। उसे पहली बार जीवन में जौहर दिखाने का अवसर मिल रहा था। अब तक उसने जो कहा था उसे वास्तविक रूप

देने का अवसर न मिला था।

भगवानदास और राज लौट आए।

"मिल गए?" रमा ने पूछा।

"हां, तीन लाया हूं।" भगवानदास ने गर्व से दिखाते हुए कहा। "रमा! तनिक माचिस लाओ।"

माचिस आ गई और भगवानदास ने पहला सिगरेट सुलगाया और कश खींचकर फेफड़े भर लिए। फिर धीरे-धीरे धुआं छोड़ने लगा।

"रमा, अब तुम्हारी बारी है।" कहकर भगवानदास ने सिगरेट उसकी ओर बढ़ा दिया।

रमा ने सिगरेट लिया और कश खींचा और उसका सीना बिलबिला उठा। उसने खांसते हुए धुआं छोड़ा और बोली, "बहुत कड़ुआ है।"

"शुरू-शुरू में डर लगता है। छोटे-छोटे कश लगाओ।" भगवानदास ने एक अनुभवी चरस पीने वाले की भांति समझाया।

"लो शशि, अब तुम्हारी बारी है।" रमा ने यह कहकर सिगरेट बढ़ाया।

"लेकिन यह तो जूठा है।" शशि हिचकिचाई।

"अरे तो पहले कहा होता!" भगवानदास बोला, "मैं सबसे पहले तुम्हें देता। फिर फिल्म में देखा नहीं कि यह जूठा नहीं होता। इसी प्रकार बारी-बारी कश लगाते हैं।"

शशि ने बेदिली से सिगरेट थामकर होठों से लगाया।

"छोटा कश लेना।" भगवानदास ने समझाया। शशि ने कश खींचा और धुआं छोड़ दिया।

"सचमुच कड़ुआ है।" कहकर उसने रीटा की ओर बढ़ाया।

अब रीटा ने कश खींचा और वही बात कहकर कि बहुत कड़ुआ है, राज की ओर बढ़ा दिया।

राज ने लम्बा कश खींचा।

"मेरा विचार है, वह गाना भी साथ-साथ गाएं।" भगवानदास ने सलाह दी।

"लेकिन धीरे, वरना नीचे वालों तक शोर पहुंचा तो वे यहां आ जाएंगे और रंग में भंग डाल देंगे।" रमा बोली।

"दम मारो, दम।" भगवानदास गुनगुनाया और उसने गहरा कश लिया।

हर कोई गाना गाने लगा। पहले कश ने ही लड़कियों पर प्रभाव छोड़ दिया था। दूसरा कश इतना कड़ुआ न था जितना पहला।

बस फिर क्या था। सिगरेट के कशों का दौर चलता रहा। जब एक खत्म हो गया तो दूसरा सुलगा लिया गया।

"रमा! तुम्हारी आंखें शरबती हो गई हैं।" शशि बोली।

"तुम अपनी देखो!" रमा ने कहा।

"और रीटा की भी।" भगवानदास बोला।

"भई, मुझे तो दुनिया घूमती नज़र आ रही है।" रीटा बोली।

"बस, यही तो मज़ा है। अब सब चिंता दुर!" भगवानदास ने लम्बा कश खींचा।

हर किसीपर सरूर छा गया था, और फिल्म का पूरा दृश्य प्रस्तुत हो गया।

सरूर के असर में रमा पति से बोली, "सुनिए!"

"कहो।"

"शशि और रीटा बहुत दुखी हैं। और बात भी सच है। उन्हें भी माता-पिता का स्नेह व प्यार नहीं मिला। माता-पिता सिंगापुर में ऐश करते हैं और इन्हें यहां फेंक रखा है। शशि ने कहा है कि हम सब घर से भाग चलें और किसी शहर में जाकर अपना कमाएं, खाएं और मौज करें।

शशि बी० ए० पास, और एम० ए० के फाइनल ईयर में है। रीटा भी बी० ए० सेकण्ड ईयर में है। अब तो लड़कियों को आसानी से नौकरी मिल जाती है। आपका क्या विचार है?"

"क्यों शशि?" भगवानदास ने समर्थन करना चाहा।

"भैया, रमा भाभी ने ठीक कहा है। मैं आपको सदा भाई कहती हूं और समझती हूं। आप तो हमारे सगे भाई से अधिक अच्छे हैं। उससे अधिक निकट हैं और अधिक प्यार करते हैं।" शशि ने कहा।

"शशि के डैडी-ममी अठारह तारीख को पा रहे हैं। फिर उसका विवाह पक्का हो जाएगा। मेरा विचार है, इससे पहले ही हम सब भाग चलें।" रमा ने कहा।

"बिलकुल ठीक!" भगवानदास की जब से शादी हुई थी, घर से न भागा था। वह तो भागने के लिए आतुर रहा करता था। अब इससे बेहतर अवसर कब और कहां मिल सकता है। फिर रमा भी साथ चल रही थी।

"मैं भी ताने सुन-सुनकर तंग आ गई हूं कि दहेज में क्या लाई हूं।" रमा ने बात काटी।

"और मैं पिताजी की बकवास से तंग आ चुका हूं।"

"तो फिर ठीक है। हम पांचों भाग चलें। जहां भी जाएंगे, इकट्ठे रहेंगे। फिर नौकरी कर लेंगे। और मौज उड़ाएंगे।" शशि पर फिल्म का पूरा असर था और जो कसर थी वह चरस की सिगरेट ने पूरी कर दी थी।

"मैं तैयार हूं।" रमा ने कहा।

"मैं भी।" भगवानदास फौरन बोला।

"और मैं भी।" रीटा ने कहा।

राज की कोई आवाज़ न थी; लेकिन उसने भी समर्थन कर दिया।

"तो प्रोग्राम क्या बनाया जाए?" रमा ने प्रश्न किया।

"वह मुझपर छोड़ दो।" भगवानदास ने कहा।

"हम अपना सामान लेकर यहां आ जाएंगी। घर में काफी रुपया नकद पड़ा रहता है। हमारे बैंक के खातों में भी है। और इसके अतिरिक्त गहने।" शशि ने कहा।

"मैं इतना रुपया ला सकती हूं कि दो-तीन महीने कट जाएं। जब तक हमें नौकरी नहीं मिलती, हम निर्वाह कर सकेंगे।"

"मेरा तो सिर घूम रहा है।" रीटा ने कहा।

"मेरा भी," रमा बोली, "लेकिन बड़ा मज़ा आ रहा है।"

"मज़ा आ रहा है।" शशि बोली, "ऐसे लगता है जैसे हम आकाश में उड़ रहे हैं। सचमुच यह चरस बहुत ही अच्छी चीज़ है।"

फिर यह प्रोग्राम तय हो गया।

16

कहते हैं, मुसीबत बिन बुलाए आती है; और बुरे काम जल्दी और आसानी से हो जाते हैं।

अब सौभाग्य था कि अगले दिन ही गणेशदास को आंखों के आपरेशन के लिए अस्पताल दाखिल होना पड़ा और उसकी तीमारदारी के लिए आवश्यक था कि पत्नी पास रहे। जब दाखिल कराने गए तो बड़े बेटे और बहू को भी साथ जाना पड़ा।

"लो, मैदान साफ हो गया है।" भगवानदास ने कहा।

"कसे?" रमा ने पूछा।

"कैसे क्या! भैया और भाभी रोज़ शाम अस्पताल जाया करेंगे। और तुम आज ही शशि से कह दो कि वह भागने की तैयारी करे। हम दो-एक दिन में भाग सकते हैं। भगवान ने हमारा रास्ता साफ कर दिया है।"

"हम क्या कुछ ले जाएं?" रमा ने पूछा।

"लौटकर तो आना नहीं। जहां जाएंगे घर की आवश्यकता पड़ेगी। इसलिए ज़रूरी सामान ले लो।"

"उदाहरणस्वरूप?"

"बर्तन, बिस्तर, सिलाई की मशीन, रेडियो, पंखा—इन सबकी आवश्यकता पड़ेगी।" भगवानदास ने कहा।

"और कपड़े?"

"वह तो सबसे पहले बांध लो। अधिक ट्रंक नहीं उठाना। शशि को कह देना कि वह केवल पहनने के कपड़े लाए। बिस्तरों की आवश्यकता नहीं। गर्मी का मौसम है। यदि आवश्यकता पड़ी तो हम खरीद लेंगे। फिर नौकरी तो मिल ही जाएगी। धीरे-धीरे शेष चीज़ें बना लेंगे। मैं भी कोशिश करता हूं कि अधिक से अधिक रुपया हाथ आ जाए।" भगवानदास अनुभवी था। वह कई बार घर से भागा था और उसे मालूम था कि रुपया कहां से हाथ आ सकता है। यद्यपि पिता ने अब सारा रुपया तिजोरियों में बन्द करके चाबियां बड़े बेटे को दे दी थीं, लेकिन वह बाज़ार से रुपया इकट्ठा कर सकता था।

"मेरा ज़ेवर!"

"वह कोई न देगा। उसे भूल जाओ।"

"लेकिन वह ज़ेवर तो मेरा है।"

"लेकिन मां तुम्हें नहीं देगी। और उसे इतने तालों में रखा है कि हम उसे निकाल नहीं सकते।"

रमा निराश हो गई। ज़ेवर तो सबसे बड़ा सहारा होता है। और इस ज़ेवर के सहारे तो कई मास बल्कि वर्ष गुज़ारे जा सकते थे।

"खैर, मैं फैक्टरी जा रहा हूं। आज रात को या कल रात हम भाग सकते हैं।" भगवानदास ने कहा।

"मैं शशि से आज ही बात करती हूं।"

और उस दिन कालेज से शशि और रीटा आईं तो रमा ने सलाह बता दी।

"लो, मैदान साफ है। हम आज रात या कल रात भाग सकते हैं।"

"कल रात! मेरा वश चले तो मैं इसी वक्त और अभी भाग जाऊं। काश, मैं भूषण को सूचित कर सकती!" शशि ने कहा।

"भूषण कौन? तुम्हारा प्रेमी?"

"हां"

"उसे क्यों सूचित करना चाहती हो?"

"वह सेना में कैप्टन है। और मैं सीधी कोर्ट में जाकर विवाह कर लूंगी।"

"वह फिर देख लेंगे।"

"अच्छा।"

"तो तुम कब तैयार होकर आ सकती हो? केवल पहनने के कपड़े लाना। बिस्तर इत्यादि की आवश्यकता नहीं।" रमा ने कहा।

"बेहतर। केवल एक-एक अटैची केस होगा। और उसे लाना कठिन भी न होगा। यदि बिस्तर इत्यादि उठाएं तो पकडे जाएंगे।" शशि ने कहा।

"बिस्तर मैं ले लूंगी।"

"फिर आज साढ़े आठ बजे तक हम आ जाएंगी। क्यों रीटा?"

"बिलकुल ठीक।" रीटा ने समर्थन किया।

'तुम आओगी तो हमें तैयार पाओगी। हमने तो सारा सामान तैयार कर लिया है।"

"क्या कुछ?"

"पहनने के सारे कपड़े, बिस्तर, रेडियो, पंखा, सिलाई की मशीन।"

"क्या इतनी चीज़ें जा सकेंगी?" शशि ने पूछा।

"क्यों नहीं। हम कौन-से लौटकर आ रहे हैं! जहां घर बनाएंगे, इन चीज़ों की आवश्यकता पड़ेगी।"

"तो फिर हम चलें और जाकर हम भी तैयारी करें।"

"कान्ता को न बताना।"

"पागल नहीं हैं हम।" शशि ने कहा।

उस शाम आठ बजे जब घर के सारे सदस्य अस्पताल में थे, जहां एक अलग कमरा लिया गया था, और घर खाली था, शशि और रीटा एक-एक अटैची केस लेकर आ गईं।

"किसीने देखा तो नहीं?" रमा ने पूछा।

"बिलकुल नहीं भाभी।" शशि बोली, "चाचाजी ऊपर छत पर थे। और हम धीरे से निकल आईं। कुछ दूर पैदल चलकर हमने साइकल रिक्शा पकड़ा।"

"बस, बिलकुल ठीक है।"

उसी क्षण भगवानदास और राज भी आ गए।

"क्या तैयारी पूरी है?" भगवानदास ने शशि और रीटा को देखकर कहा।

"बिलकुल। हम पहनने के कपड़े ले आईं। दो हज़ार नकद हमारे हाथ आ गया, और तीन-चार सौ ग्राम ज़ेवर भी है।" शशि ने कहा।

"बस, अब ठीक है। ऐसा करते हैं कि पहले हम सामान निकालकर ले जाते हैं। मैं और राज उसे ले जाकर अड्डे पर पहुंचा देते हैं। राज वहां रुक जाएगा। मैं लौट आऊंगा और दो रिक्शा करके हम चले जाएंगे।" भगवानदास बहुत अनुभवी था।

"बेहतर।" रमा इतनी खुश थी जैसे ससुराल से न जा रही थी,

बल्कि ससुराल जा रही थी।

घर खाली था। भगवानदास और राज ने मिलकर सामान नीचे पहुंचाया और उसे साइकल रिक्शा में रखकर वे अड्डे को रवाना हो गए।

"अब हम स्वतन्त्र हैं।" शशि ने नाचते हुए कहा।

"कोई रोक-टोक करने वाला नहीं। अपना कमाएंगे और अपना खाएंगे।"

"रुपया कहां है?" रमा ने पूछा।

"इस हैंडबैग में है, भाभी, अब तुम संभाल लो।" कहकर शशि ने बैग बढ़ा दिया।

"अच्छा, कितना रुपया है?"

"दो हज़ार।"

"बहुत है, और ज़ेवर?"

"वह भी इसी में है।"

"मैं सोच रही थी कि इस खुशी में एक सिगरेट का दौर हो जाता तो मज़ा आ जाता।"

"भाभी, कल तो रात गए तक नशा छाया रहा। चाची ने पूछा भी कि आज आंखें क्यों चढ़ी हुई हैं। मैंने कहा, 'नींद आ रही है।' तो वह बोली, 'हां, हां। पढ़ने से थक गई होगी। जाओ, जाकर सो जाओ।' भाभी, चरस तो बहुत ही मज़ेदार चीज़ है।"

अब जितने कहो, सिगरेट मिलेंगे।" रमा ने खुश होकर कहा, "इस कैदखाने से भाग चलें। फिर देखो, ज़िंदगी का क्या मज़ा पाएगा। रीटा, तुम चुप-चुप क्यों हो?"

"न मालूम क्यों, भाभी, मेरा दिल धड़क रहा है।" रीटा ने कहा।

"पगली है। भला अब तो खुश होने का समय है।" शशि ने झाड़ा।

"खुश तो हूं, लेकिन डर लग रहा है।"

"डरो नहीं।" रमा ने कहा। यद्यपि वह आयु में शशि से दो वर्ष छोटी थी, लेकिन विवाहित थी। इसलिए उनसे बड़ी थी और बड़ों की भांति बात करती थी।

इतने में भगवानदास आ गया।

"कोई बात तो नहीं हुई?" रमा ने पूछा।

"बात क्या होनी थी! सब ठीक है। अड्डे पर एक टैक्सी मिल गई। उससे डेढ़ सौ रुपये में सौदा तय हो गया। वह हमें सुबह तक कानपुर पहुंचा देगा। मैंने सामान उसमें रखवा दिया है।"

"टैक्सी क्यों ली?" रमा बोली, "डेढ़ सौ रुपया तो बहुत है।"

"स्टेशन पर जाते तो गाड़ी की प्रतीक्षा में वहीं बैठना पड़ता और पकड़े जाते। टैक्सी में बैठते ही टैक्सी चल देगी और दस-पन्द्रह मिनट में हम शहर से निकल जाएंगे। जब तक किसीको पता चलेगा, हम कहीं के कहीं पहुंच चुके होंगे।"

"बिलकुल ठीक कहा।" शशि बोली।

"तो आओ, अब चल दो। मैं साइकल रिक्शा ले आया हूं, और थोड़ी दूर खड़े कर दिए हैं ताकि घर का पता न चले।" भगवानदास अनुभवी व्यक्ति था और भारतीय फिल्में भी देखता था।

"एक-एक करके चलते हैं।" रमा ने सलाह दी।

"नहीं, सब इकट्ठे चलते हैं। यदि कोई मिल जाएगा तो कह देंगे कि रात का सिनेमा शो देखने जा रहे हैं, ताकि सिनेमा शो तक तो कोई परेशान न हो और प्रतीक्षा करते रहें।"

"भैया बहुत सयाने हैं।" शशि ने दाद दी।

शशि और रीटा एक रिक्शा में थीं और वे दूसरी में।

वे चारों निकले और रिक्शा में सवार हो गए। "कानपुर से दूसरी

टैक्सी ले लेंगे। यह टैक्सी वाला यदि पकड़ा भी गया या अड्डे से उन्होंने पूछताछ की तो कहेगा कि कानपुर गए हैं। वे कानपुर तक तलाश में जाएंगे। हम लखनऊ में होंगे। कल सारा दिन लखनऊ की सैर करेंगे और रात की गाड़ी से दिल्ली चले जाएंगे।"

"जालंधर क्यों न चलें? मेरे चाचा के यहां।"

"और इन्हें क्या बताओगी कि ये लड़कियां कौन हैं?"

"मैं कह दूंगी कि ये मेरी ननदें हैं।"

"लेकिन ये पंजाबी भाषा बिलकुल नहीं जानती हैं।"

"कह दूंगी कि इलाहाबाद रहने से केवल हिन्दी बोलती हैं।"

"खैर, लखनऊ चलकर देखेंगे।"

"यदि हमारी तलाश शुरू हुई तो कानपुर के बाद लोग दिल्ली जाएंगे। उनको सन्देह होगा कि मैं अपने मायके ले गई हूं। इसलिए दो-चार दिन जालंधर में रहेंगे। वहां से दिल्ली चलेंगे।"

"यह भी ठीक है।" भगवानदास रमा की बुद्धि का कायल हो गया।

रिक्शा अड्डे पर पहुंच गए। उन्होंने टैक्सी से दूर उन्हें छोड़ दिया। फिर वे टैक्सी में बैठ गए। पिछली सीट पर रमा, शशि और रीटा और आगे ड्राइवर के साथ राज और भगवानदास।

टैक्सी रवाना हुई, और फिर शहर की सीमा से निकलकर जरनैली सड़क पर दौड़ने लगी।

सामान को देखकर और शशि और रीटा का भगवानदास और रमा को भैया और भाभी पुकारना सुनकर टैक्सी वाले ने यही समझा कि वे एक ही घर के सदस्य हैं।

फिर रमा तो दुल्हन बनी हुई थी। मांग का सिंदूर और मेकअप साफ बता रहा था कि वह विवाहिता है।

प्रातः होते ही वे कानपुर पहुंच गए। उन्होंने टैक्सी वाले को डेढ़ सौ रुपया देकर विदा किया।

वहां से उन्होंने दूसरी टैक्सी पकड़ी और लखनऊ के लिए रवाना हो गए। भगवानदास केवल साढ़े चार सौ बाज़ार से समेट सका था। अभी शशि और रीटा के पैसे खर्चने की नौबत न आई थी।

दिन-भर वे लखनऊ की सैर करते रहे। सामान उन्होंने टैक्सी पर रख दिया था और रात को वे जालंधर की गाड़ी में सवार हो गए।

17

रमा, भगवानदास और राज का लोप हो जाना कोई बड़ी बात न थी। भगवानदास के माता-पिता ने यही समझा कि रमा मायके चली गई है।

लेकिन शशि और रीटा के घर तो तूफान खड़ा हो गया। दो जवान और कुंवारी लड़कियां इस तरह घर से गायब हो जाएं, जबकि शशि का विवाह निश्चित हो चुका था, अभिभावकों की मृत्यु से भी बढ़कर था।

उसी दिन शशि और रीटा के माता-पिता सिंगापुर से इलाहाबाद पहुंच गए। और जब उन्हें पता चला कि लड़कियां रात से गायब हैं तो उन्होंने माथा पीट लिया।

सबसे पहले घर की तलाशी ली गई तो पता चला कि दो हज़ार रुपया और वे सारे गहने गायब हैं, जो शशि के लिए तैयार हुए थे।

मां तो मूर्च्छित हो गई। पिता अलग हलकान हो रहा था। चाचा और चाची मुंह छुपाते फिर रहे थे।

उस घर में शोक छाया हुआ था। बिरादरी में नाक कट गई थी। लाखों की इज़्ज़त धूल में मिल गई थी।

शशि और रीटा के भाई उदय ने खोज-बीन अपने हाथ में ले ली।

वह सीधा रमा की ससुराल पहुंचा और कांता से पूछताछ की। और जब इन्हें पता चला कि रमा, भगवानदास और राज भी रात से गायब हैं और सारा सामान साथ ले गए हैं, तो इन्होंने जाकर पुलिस में रिपोर्ट दर्ज करा दी।

पुलिस ने अपहरण का मुकदमा दर्ज कर लिया। उदय और भगवानदास के बड़े भाई हरिदास ने इलाहाबाद से एक सब-इंस्पेक्टर और एक सिपाही को साथ लिया और तलाश में दिल्ली रवाना हो गए।

पुलिस ऐसे मुकदमे आसानी से दर्ज नहीं करती और न ही छानबीन करती है। लेकिन पैसा और किस दिन काम आता! शशि के माता-पिता की मर्यादा धूल में मिल गई थी, इसलिए उन्होंने पैसे को लुटाना शुरू कर दिया।

इधर विवाह की तिथि समाप्त हो गई थी। पचीस तारीख को विवाह होना तय पाया था। उदय और कृष्ण जब इलाहाबाद पुलिस के साथ दिल्ली पहुंचे तो सीधे रमा के मायके गए।

लेकिन वहां कोई न पहुंचा था—गोपालदास ने बताया। जब उसे सारी बात बताई गई तो उसने अपना सिर पीट लिया।

गोपालदास अपनी संतान से बिलकुल निराश हो गया था। लेकिन उसको गुमान भी न था कि रमा जैसी भोली-भाली लड़की एक के बाद दूसरा गुल खिलाती जाएगी। और अब तो हद हो गई थी। वह जवान लड़कियों को साथ लेकर भाग गई थी।

सब-इंस्पेक्टर ने कहा कि इन्हें दिल्ली में ही प्रतीक्षा करनी चाहिए। वे हर हालत में दिल्ली पहुंच जाएंगे। इसलिए वे चारों दिल्ली में रहकर प्रतीक्षा करने लगे।

आने से पहले कृष्ण ने जब रमा और भगवानदास के कमरे की तलाशी ली तो उनके हाथ एक पत्र आया जिसपर गांधीनगर का पता लिखा था।

एक बार भगवानदास घर से भागा था तो गांधीनगर में एक मकान लेकर रहने लगा था। लेकिन वहां भी उनकी कोई खबर न थी। पत्र पर एक कपड़े वाले की दुकान का पता था, लेकिन दुकानदार को कुछ पता न था।

इधर रमा का दिमाग काम आया। वह सबको साथ लेकर जालंधर चली गई और चाचा के यहां डेरा डाल दिया। जैसा उसने कहा था कि वह कह देगी, शशि और रीटा उसकी ननदें हैं, उसने यही बताया।

चाचा ने और पूछताछ आवश्यक न समझी। केवल यह पूछा कि पंखा और रेडियो क्यों साथ लाए हैं।

रमा ने बताया कि शशि देहरादून में होस्टल में पढ़ती है। फाइनल परीक्षा दी थी, इसलिए पंखा और रेडियो वहां से उठा लाए थे। मशीन रमा की थी।

चार दिन बाद इन पांचों की मीटिंग हुई।

"अब क्या किया जाए?" भगवानदास ने कहा।

"अब हम वैष्णोदेवी की यात्रा को निकल जाते हैं।" रमा ने फौरन सलाह दी।

"हां! यह ठीक है।" सबने राय दी।

रमा तो इस समय लीडर बनी हुई थी। और एक मंजी औरत की भांति सारा प्रोग्राम बना रही थी, हालांकि वह शशि और रीटा से कम पढ़ी थी और आयु में भी कम थी।

वे उसी दिन जालंधर से चल दिए। उन्होंने चाचा से कहा कि वे दिल्ली जा रहे हैं, लेकिन वे अमृतसर रवाना हो गए।

अमृतसर में वे होटल में ठहरे। दिन-भर वे अमृतसर के प्रसिद्ध स्थान देखते रहे, और शाम को होटल में गम भुलाने के लिए चरस का सिगरेट पीने लगे।

जैसे-जैसे दिन कट रहे थे, रीटा का दृढ़ संकल्प कमज़ोर पड़ता जा रहा था, उसे घर और माता-पिता की याद आ रही थी।

"यह काली भेड़ है।" रमा ने क्रोध में कहा।

"न मालूम क्यों डर से जान निकली जा रही है।"

"लेकिन भाभी, अब तक पुलिस हमें ढूंढ़ रही होगी।" रीटा ने आशंका प्रकट की।

"ढूंढ़ती रहे। आज तेईस तारीख हो गई है। विवाह परसों का निश्चित है। हम कल वैष्णोदेवी चले जाएंगे। एक दिन जम्मू रहेंगे और तीन दिन यात्रा में लगा देंगे।" रमा ने प्रोग्राम बनाया। "जब विवाह का दिन गुज़र जाएगा तो फिर किस बात का डर रहेगा! वैष्णोदेवी से दिल्ली चलेंगे।"

"दिल्ली?" रीटा कांप उठी। "लेकिन पुलिस वहां सबसे पहले आ गई होगी।"

"और जाकर निराश होकर लौट भी गई होगी।"

"पुलिस भला इतने दिन प्रतीक्षा कर सकती है!"

यही प्रोग्राम बना।

एक दिन उन्होंने जम्मू में लगा दिया।

तीन दिन यात्रा में लगा दिए; और घूम-फिरकर दिल्ली पहुंच गए।

उन्होंने सत्रह की रात को घर छोड़ा था। अठारह लखनऊ में गुज़ारी। उन्नीस सुबह जालंधर पहुंचे। बीस, इक्कीस, बाईस और तेईस तक जालंधर में रहे। चौबीस को अमृतसर, पचीस को जम्मू, छब्बीस, सत्ताइस, अट्ठाईस को वैष्णोदेवी की यात्रा की। उनतीस तारीख को वे

दिल्ली पहुंच गए।

फतहपुरी में उन्होंने होटल में डेरा डाला।

दुपहर को खाने के बाद सब जमा हो गए। चरस के सिगरेट सुलगा लिए गए, ताकि गम दूर हो जाए।

"अब क्या प्रोग्राम है?" शशि ने पूछा, "विवाह की तिथि तो टल गई है। होटल में अधिक दिन ठहरना उचित नहीं।"

"मैं गांधीनगर में रह चुका हूं। फिर दिल्ली इतना बड़ा शहर है, किसीको ढूंढ़ना आसान नहीं। मैं आज जाकर वहां मकान का प्रबन्ध करता हूं। कुछ दिन तुम तीनों लड़कियां घर से बाहर न निकलना। मैं और राज रात के अंधेरे में रमा के घर जाकर पता करेंगे कि इलाहाबाद से पुलिस या और कोई तो नहीं आया।"

"बिल्कुल ठीक।" रमा ने कहा। चरस अपना रंग दिखा रही थी, "होटल यूं भी बहुत महंगा है। कुछ दिन में बात दब जाएगी तो शशि और रीटा नौकरी की खोज करेंगी। और मैं वही पुराना धंधा। शुरू कर दूंगी।"

"कौन-सा धंधा?" शशि ने पूछा।

"मेरे पास सिलाई का डिप्लोमा है। मैं कपड़ों की सिलाई शुरू कर दूंगी। यदि कपड़े न मिले तो साईकल की गद्दियों के कवर सीना शुरू कर दूंगी। मैं विवाह से पहले पांच-सात रुपये रोज़ कमा लिया करती थी।"

"मैं भी हाथ बंटाऊंगी।" शशि ने कहा।

"नहीं। तुम एम० ए० हो। तुमको तो किसी स्कूल में या दफ्तर में नौकरी मिल जाएगी।" रमा ने कहा। नौकरियां जैसे सड़क पर पड़ी थीं और दिल्ली में एम० ए० पास लडकियां न थीं।

"आज से शशि और रीटा मेरी सगी बहिनें हैं। भगवानदास बोला, "क्यों शशि?"

"हां भैया।" शशि ने कहा।

खालिस फिल्मी ड्रामा खेला जा रहा था। केवल एक कसर रह गई थी कि शशि और रीवा ने राखी न बांधी थी, वरना फिल्मी सीन पूरा हो जाता।

अभी तक केवल भगवानदास की लाई रकम खत्म हुई थी, और अब उसके बाद शशि का लाया रुपया खत्म हो रहा था। दो हज़ार मामूली रकम न थी। फिर वे संभल-संभलकर खर्च कर रहे थे। इसलिए अभी गहनों का नम्बर न आया था।

चरस के सरूर में भगवानदास और राज गांधीनगर गए और उस कपड़े वाले से मिले जो भगवानदास का परिचित था।

कपड़े वाले ने उसे देखा तो फौरन सम्हल गया। उसने बिलकुल न बताया कि इलाहाबाद से लड़कियों का भाई और उसका भाई पुलिस के साथ आए हुए हैं।

"क्यों भगवानदास, कैसे पाए?"

"मैं फिर यहां कारोबार शुरू करना चाहता हूं। क्या दो कमरों का मकान मिल सकता है?"

"मकान?"

"हां।"

"क्यों नहीं। इसी गली में एक मकान खाली है। सत्तह रूपये मासिक किराया है।"

"तो चलकर बात करा दो।"

कपड़े वाले की ज़मानत पर मकान का सौदा तय हो गया। दो मास का किराया पेशगी दे दिया गया। यद्यपि मालिक मकान तीन मास का मांग रहा था, लेकिन यह तो कपड़े वाला जानता था कि वह चौबीस घंटे भी मकान में न रहेंगे।

भगवानदास और राज खुशी-खुशी होटल लौटे।

"मकान का प्रबन्ध हो गया। दो कमरे मिल गए हैं। एक में शशि और रीटा रह लेंगी और दूसरे में मैं और रमा।"

"और मैं बरामदे में गुज़ारा कर लूंगा—गर्मी का मौसम है। मैं तो गली में सो जाया करूंगा।" राज बोला।

"फिर एक-एक सिगरेट हो जाए।" रमा ने सलाह दी।

सिगरेट निकाले गए। भगवानदास अब बाकायदा स्टाक रखता था।

सिगरेट के कश के साथ फिल्म का गाना शुरू हो गया; और गम दूर होने लगे।

जब संध्या उतर आई और अंधेरा हो गया, तो उन्होंने होटल छोड़ दिया और सामान टैक्सी में रख दिया।

टैक्सी ड्राइवर ने पांच सवारियां ले जाने से इन्कार किया तो उसे दो रुपये अधिक का लालच दे दिया गया

"आज से नवजीवन आरम्भ होता है।" रमा ने शशि के कान में कहा।

टैक्सी ड्राइवर ने लड़कियों और लड़कों की आंखें गुलाबी देखीं तो उसे संदेह हुआ कि यह चालू माल है; लेकिन इनके पास घरेलू सामान था इसलिए वह चुप रहा।

"बस भाभी, मुझे नौकरी मिल जाए, फिर किसी बात की चिंता नहीं।" शशि बोली।

"अब किस बात की चिंता है। अब अपना जीवन होगा, अपनी आज़ादी। स्वयं पकाएंगे, स्वयं खाएंगे और मौज उड़ाएंगे।" रमा ने कहा।

इनमें यदि कोई भयभीत थी तो वह रीटा थी। उसका दिल बैठा जा रहा था और कह रहा था कि आज कोई मुसीबत आने वाली है।

"रीटा, तू क्यों चुपचाप है?" रमा ने पूछा।

"यूं ही भाभी।"

"यूं ही तो नहीं—लेकिन तू आज बहुत ही चुप है।"

"तनिक जी उदास है।" रीटा ने कहा।

"उदासी कैसी! अब सब चिंता दूर हो जाएंगी।" टैक्सी दौड़ती रही और वे गांधीनगर पहुंच गए। जैसे ही वे गली में प्रविष्ट हुए तो उनकी दृष्टि सड़क पर चली गई। सड़क के बिलकुल बीच उदय और कृष्ण खड़े थे और टैक्सी को रोकने का इशारा कर रहे थे।

"मर गए!" भगवानदास के मुंह से निकल गया।

"क्या हुआ?" रमा फौरन बोली। शशि और रीटा भी चौंक गईं।

"भैया और उदयभान।" भगवानदास ने कहा।

"कहां?"

और वे टैक्सी के करीब आ गए। सब-इंस्पेक्टर और सिपाही, जो इलाहाबाद से आए थे, वे सफेद कपड़ों में थे। उन्होंने भी टैक्सी को घेर लिया।

"तो तुम कहां तक भाग सकते थे!" कृष्ण ने भगवानदास से कहा, "बेशर्म, बेहया, कमीने, कुत्ते!"

"ज़ुबान संभालकर बात करो।" भगवानदास बोला।

"ड्राइवर! यह टैक्सी थाने ले चलो।" सब-इंस्पेक्टर ने कहा।

"क्यों?" ड्राइवर को संदेह तो था ही, लेकिन उसने प्रश्न कर डाला।

मैं सब-इंस्पेक्टर पुलिस हूं और तुम्हें आज्ञा देता हूं कि टैक्सी इसी तरह थाने ले चलो।"

"मैं डर रही थी, इसीलिए चुप थी।" रीटा बोली, "मेरा दिल गवाही दे रहा था कि आज कुछ होने वाला है।"

बहस की गुंजाइश न थी। ड्राइवर ने टैक्सी घुमा दी, और दस मिनट

बाद वे थाने में थे। सबके होश उड़ गए थे। लेकिन वे अधिक घबराए हुए भी न थे। केवल रीटा थी, जो रोने लगी थी।

"शशि! देखो, तुम केवल यही बयान देना कि तुम अपनी इच्छा से आई थीं।" भगवानदास ने कहा।

"भैया! आप चिन्ता न करें। मैं आपपर आंच न आने दूंगी, चाहे मेरी जान चली जाए।"

थाने में सब जमा हो गए—इलाहाबाद पुलिस कर्मचारी, उदय और कृष्ण। जब वे सारे बैठ गए तो उदय शशि के पास बैठ गया और धीरे से कान में कहा, "तुम बयान देना कि ये लोग तुम्हें भगाकर लाए थे।"

"क्यों?" शशि बिफरकर बोली।

"मैं तो कहता हूं, इसीमें तुम्हारी भलाई है।"

"मैं अपना बुरा-भला स्वयं सोच सकती हूं। आप मेरे मामले में दखल न दें।"

थाने का एस० एच० ओ० आ गया और उन्हें उसके सम्मुख पेश किया गया। उसने तमाम बातें सुनीं और बोला, "तो ये लोग तुम्हें भगाकर लाए थे?"

"जी नहीं। हम अपनी इच्छा से आई हैं। बल्कि हमने इन्हें कहा था कि हमें अपने साथ ले चलो। हमें घर पर बहुत परेशान किया जाता था। माता-पिता का प्यार नहीं मिला। वे सिंगापुर में रहते हैं, और मेरी ऐसी जगह शादी कर रहे हैं जो मुझे पसन्द नहीं।" शशि ने बेधड़क कहा।

"लेकिन तुम अपनी इच्छानुसार विवाह नहीं कर सकतीं। तुम्हारी आयु केवल सत्रह वर्ष है, और तुम्हारी बहिन की चौदह वर्ष है।" इंस्पेक्टर ने कहा।

"इंस्पेक्टर साहिब! तनिक मेरे भाई से पूछिए कि मैं कौन सी क्लास में पढ़ती हूं।" शशि बोली।

"क्यों साहिव?" इंस्पेक्टर बोला।

"एम० ए० फाइनल ईयर में।" उदय को सच बोलना पड़ा।

"एम० ए० फाइनल ईयर में, यानी एम० ए० की पढ़ाई करते हुए सोलह वर्ष हो गए हैं। क्या इसने एक वर्ष की आयु में पढ़ना शुरू कर दिया था?" इंस्पेक्टर ने कहा।

उदय से उत्तर न बन पाया।

"खैर, यह फैसला करना हमारा काम नहीं। आज ये पांचों हवालात में रहेंगे। कल सुबह मैजिस्ट्रेट के सामने पेश किया जाएगा और वहां जो बयान देंगी और उसके अनुसार जो फैसला होगा, उसीपर अमल किया जाएगा। अब आप लोग जा सकते हैं।"

उदय और कृष्ण अपना-सा मुंह लेकर चले गए।

तीनों लड़कियों को एक हवालात में और भगवानदास और राज को दूसरी हवालात में बन्द कर दिया गया।

हवालात भी उनके दृढ़ संकल्प को डिगा न सकी। वह रात तो उन्होंने बातों में गुज़ार दी। भला हवालात में नींद कैसे आ सकती थी! मई का महीना, बला की गर्मी—और हवालात नरक बनी हुई थी।

अगले दिन इन्हें मैजिस्ट्रेट के सम्मुख पेश किया गया। शशि ने वही बयान दिया जो इंस्पेक्टर को दिया था। रीटा ने भी कहा कि वह बालिग है और अपनी इच्छा से आई है।

मैजिस्ट्रेट ने फैसला दिया कि उन्हें पुलिस की हिरासत में इलाहाबाद पहुंचा दिया जाए।

वह रात उन्होंने फिर हावालात में काटी। तीसरे दिन वे जनाना पुलिस की तीन सिपाहियों, सिविल पुलिस के एक अफसर और

इलाहाबाद पुलिस के एक अफसर के साथ इलाहाबाद रवाना हो गए।

इलाहाबाद में शशि और रीटा के पिता का रुपया काम आया इसलिए वे तो हिरासत से रिहा कर दी गईं, लेकिन भगवानदास, रमा और राज को हवालात में बन्द कर दिया गया।

इलाहाबाद में उन्हें मैजिस्ट्रेट के सम्मुख पेश न किया गया। वरना उन्हें ज्युडीशल हवालात में भेज दिया जाता।

चूंकि मुकदमा बनता न था। इधर जब भगवानदास के पिता गणेशदास को पता चला कि उसका बेटा, उसकी बहू और बहू का भाई हवालात में बन्द हैं, तो उसने ज़मानत की कोशिश न की, बल्कि उनकी कोई खबर न ली, जैसे उन्हें दंड दे रहा हो।

शशि के पिता का रुपया काम आ रहा था। उन्होंने शशि का विवाह आठ तारीख को निश्चित कर दिया।

शशि ने पिता से कहा कि रमा, भगवानदास और राज बिलकुल निर्दोष हैं। उन्हें हवालात से निकालें। लेकिन पिता ने उसकी एक न सुनी।

आठ तारीख को शशि का विवाह हो गया।

जब विवाह-कार्य सकुशल सम्पूर्ण हो गया और कोई रुकावट पेश न आई तो शशि के पिता ने पुलिस से ग्यारह तारीख को कहा कि रमा, भगवानदास और राज को रिहा कर दे।

उन्हें रिहा कर दिया गया और मुकदमा दाखिल-दफ्तर हो गया। यह सारी कार्रवाई गैर कानूनी थी, लेकिन गरीब व्यक्ति के लिए कानून और न्याय नाम की कोई चीज़ नहीं थी।

रमा, भगवानदास और राज जब घर पहुंचे तो पिता ने घर के दरवाज़े बन्द कर दिए और उन्हें घर से निकल जाने का आदेश दिया।

उनके पास दो हज़ार रुपये में से जो बचा था वह पुलिस ने कब्ज़े में कर लिया था। उसके साथ गहने भी। दिल्ली आने से पहले वे घर का

सामान अमानत के तौर पर उसी दुकानदार के पास छोड़ आए थे।

"अब क्या किया जाए?" भगवानदास ने कहा।

"मेरा हार बेच दो। हम दिल्ली चलते हैं।"

भगवानदास ने ऐसा ही किया। हार बेचकर वे गाड़ी में सवार हो गए।

और उसी दिन सूचना मिली कि शशि ने ससुराल में आत्महत्या की चेष्टा की। उसने अपने शरीर पर मिट्टी का तेल डालकर आग लगा ली थी। उससे हाथ, शरीर का कुछ भाग और सिर के बाल जल गए, लेकिन समय पर स्थिति पर काबू पा लिया गया।

18

दिल्ली में रमा को अपने पिता के घर जाना पड़ा, क्योंकि और कोई जगह सिर छुपाने को न थी—उसी पिता के घर जिससे वह घृणा करती थी।

पिता ने उससे बात करना तक ठीक न समझा। विमला भाभी और पूरन ने भी आंखें फेर लीं। विमला सुबह अपने पति और ससुर को खाना तैयार करती और काम पर चली जाती। जाते समय रसोईघर को ताला लगा जाती। उनका भी यही कहना था कि इज़्ज़त धूल में मिला दी है।

बस फिर क्या था? मुसीबत का पहाड़ टूट पड़ा। खाने के लाले पड़ गए। हार बेचने और सफर करने के बाद जो थोड़े-बहुत रुपये बचे थे उससे रोटी चलाई जाने लगी।

लेकिन कितने दिन?

हार की रकम खत्म हुई तो चूड़ियां बेच दी गईं। भगवानदास शिक्षित न था, उसे नौकरी न मिल सकती थी। उसने ट्रक, बाल्टी बनाने वालों की दुकानों के चक्कर लगाए; लेकिन सूरत-शक्ल से वह कारीगर न दिखाई पड़ता था, इसलिए किसीने उसे काम न दिया।

राज जहां नौकर था, उसने दुबारा नौकरी देने से इन्कार कर दिया।

कोई सम्बन्धी सहायता को न आया। और कोई देता भी क्या! हर कोई अपनी दाल-रोटी बड़ी मुश्किल से चला रहा था। उनकी सहायता क्या करता!

रमा बुआ से मिली और उसे बताया कि विमला भाभी रसोईघर को ताला लगा देती है और उन्हें रोटी तक नसीब नहीं होती।

"मैं क्या कर सकती हूं?" बुआ ने कहा, "मैंने तो तुम्हें लखपती घराने में व्याहा था—कोठी, कार, नौकर, चाकर—और तूने वह गुल खिलाए कि मैं मुंह दिखाने योग्य न रही हूं।"

"लेकिन बुआ, इसमें हमारा दोष नहीं। लड़कियां अपनी इच्छा से आई थीं।"

"अपना घर तो तबाह किया ही उन दो जवान लड़कियों के माथों पर भी कलंक का टीका लगा दिया।"

"कलंक! कैसा कलंक?"

"जो लड़की विवाह से पहले भाग जाए उसकी क्या इज़्ज़त रह जाती है! फिर मैं अपने भाई गोपालदास को बचपन से जानती हूं। आखिर एक दिन यही होना था। न मालूम सुषमा ने पिछले जन्म में कौन-से अच्छे कर्म किए थे जो उसका घर बस गया, और वह खुश है—बरना जिस प्रकार का विवाह तुम्हारे पिता ने किया था उसका प्रभाव संतान पर पड़ना ही था।"

"लेकिन बुआ, इसमें हमारा क्या दोष है?"

"कोई दोष नहीं। खून जो गन्दा ठहरा। एक प्राइमरी स्कूल के अध्यापक की लड़की लखपती घराने में ब्याही गई। भला वह सब हज़म कैसे हो सकता था! जो गुल मां ने खिलाए थे वही संतान खिला रही है। पूरन को देखो। पहले दर्जे का शराबी, आवारा। और अब चोरी के मुदकमे में फंसा हुआ है। उसे निश्चय ही जेल होगी। जेल में चक्की पीसेगा, तब दिमाग ठीक होगा। राज को लो—अच्छा-भला कमाने लगा था, लेकिन नौकरी को लात मारकर तुम्हारे पास चला गया। तुम उसे साथ ले गईं। उसका जीवन भी नष्ट कर दिया। अब नौकरी नहीं मिलेगी तो क्या करेगा! चोर बनेगा चोर—और तुम क्या करोगी?"

"मैं क्या करूंगी?"

"जो तुम जैसी लड़कियां करती हैं।"

"बुआ! ऐसी बात न कहो। मैं जान दे दूंगी।"

"बडी आई जान देने वाली! ऐसी ही इज़्ज़त वाली थी तो ससुराल की इज़्ज़त धूल में क्यों मिलाती? उनकी नाक क्यों कटवाती?"

'तो यह सब दोष मेरा है?"

"नहीं।"

"फिर किसका है?"

"उस रक्त का जो तुम्हारी नाड़ियों में प्रवाहित तो रहा है।"

"तो तुम मां को बुरा कहती हो! बुआ, वह देवी थी, देवी!"

"और देवी ने कैसी संतान को जन्म दिया!"

"मैं जानती हूं, तुम आयु-पर्यन्त उससे घृणा करती रही हो, लेकिन अब तो वह इस संसार में नहीं। अब भला क्यों उसे बदनाम कर रही हो?"

"तुम और तुम्हारे भाई जो उसका नाम उज्ज्वल कर रहे हैं!"

"बुआ, मां को बुरा न कहो।"

"तुम क्या कम हो? पूरन कम है या राज? भले घर की लडकियां क्या यही करती हैं कि जवान लड़कियों को भगा ले जाएं? आखिर दूसरे धर्म में विवाह करने का यही परिणाम निकलता है। जानती हो, खट्टे आमों की गुठलियों से खट्टे आम ही उगते हैं!"

"बुआ! इतनी घृणा न करो कि मनुष्य जीने से भी लाचार हो जाए। भूल हर व्यक्ति से होती है, लेकिन इसका यह मतलब नहीं कि उसे जीवित रहने का अधिकार नहीं।"

"तो जिस प्रकार जीवित रह रही हो उसी तरह रहो।"

"और मैं तुम्हारे पास सहायता के लिए आई थी।"

"मैंने तुम्हारे लिए वह किया जिसके तुम योग्य नहीं थीं। इतना अच्छा घर ढूंढ़कर दिया।"

"और इस घर के उस लड़के से ब्याह दिया जो निखट्टू और शराबी था। केवल यह बताना भूल गई थीं..." रमा ने आंसू साफ करते हुए कहा, "खैर बुआ, अब मरा तो जा नहीं सकता। अब यह जीवन तो काटना ही है। जिस प्रकार भी कटेगा, काट लूंगी। लेकिन तुमने मेरे साथ कौन-से जन्म की दुश्मनी निकाली थी, जो ऐसे लड़के से मेरा विवाह कर दिया था जो घर से रुपया चुराकर भाग जाता था, जो चरस के सिगरेट पीता है, शराब पीता है, जिसे जुए की आदत है और जो सर्वकला-सम्पूर्ण है!"

"और बाकी कसर तुमने पूर्ण कर दी।"

"और जो रह गई है वह भी कर दुंगी।" कहकर रमा क्रोध में खड़ी हो गई। "बुआ, एक बात याद रखो। कुत्ते को जो नाम दे दिया जाता है वह उसी नाम से जीवित रहता है।"

"और तुम अपना नाम बदल लो।"

"नाम भी बदल लूंगी, लेकिन याद रखो—कोई नहीं कहता कि

किसकी बेटी बुरा काम कर रही है। सब कहते हैं कि किस घर की बहू बुरा काम कर रही है। मेरी मां का अपमान न होगा, बल्कि इस लखपती खानदान का होगा जिसकी मैं बहू हूं और जहां तुमने मुझे ब्याहा था।"

"तो अब यह गुल खिलाओगी?"

रमा ने उत्तर न दिया। वह वहां से चली आई।

इस दुनिया ने शराफत के सारे दरवाज़े बन्द कर दिए थे। अब भूखा तो रहा न जाता था। रोटी का ईंधन तो चाहिए। जब आदमी मर न सके तो जीवित रहने के लिए सब कुछ करने को तैयार हो जाता है। इन्सान बुरा नहीं होता। परिस्थिति उसे बुरा बना देती है। आज उसकी स्वर्गीय मां को गालियां दी जा रही थीं, जिसका केवल एक दोष था कि उसने प्रेम किया था, और वह प्रेम निभाया था, और ऐसा निभाया कि कैंसर की रोगिणी बनकर उसने इस प्रेम की खातिर जान दे दी।

रमा के मुहल्ले में एक महिला रहती थी मिसेज़ कोहली। इसके बारे में बहुत-सी बातें मशहूर थीं कि जवानी में वह स्वयं वेश्यावृत्ति करती थी और अब वह लड़कियां सप्लाई करती थी।

रमा उसे मिली।

"मौसी, मैं तुम्हारे पास सहायता के लिए आई हूं। आज दुनिया ने, सम्बन्धियों ने, अपनों ने, परायों ने सब दरवाज़े बन्द कर डाले हैं। और पेट है कि यह भूखा नहीं रह सकता।"

"क्या कह रही हो, मेरी नन्ही बच्ची!" मिसेज़ कोहली ने उसे वक्ष से लगा लिया, "तुमने मुझे मौसी कहा है और दुनिया ने तुमपर सब दरवाज़े बन्द कर दिए हैं, और तुम्हें सूखी रोटी और दाल देने को तैयार नहीं! मेरी बच्ची, दिल छोटा न करो। तुम्हारे पास तो वह दौलत है कि दुनिया

तुम्हारे कदमों पर सिर झुकाएगी, माथा रगड़ेगी। तुम्हारी एक मुस्कराहट पर दुनिया सब कुछ न्योछावर कर देगी। एयर कंडीशंड कमरे, बेहतरीन खाने, बेहतरीन होटल। अच्छा खाओगी और मौज उड़ाओगी। इस दुनिया को अपनी जूती की नोक पर रखो। यह दुनिया केवल उन लोगों के तलवे चाटती है जो इसे ठोकर लगाते हैं। यह दुनिया आंसू बहाने वालों के लिए नहीं है। यह दुनिया कहकहा लगाने वालों के लिए है। हंसने वालों की है। मेरी बच्ची, तुमने गलत सोचा कि दुनिया ने दरवाज़े बन्द कर दिए। दुनिया के दरवाज़े आज तुमपर खुलेंगे। तुम देखती जाओ, मैं तुम्हारे लिए क्या करती हूं। मैं वह करूंगी जो एक मां अपनी बेटी के लिए करती है।"

फिर मिसेज़ कोहली ने इस नई दुनिया का दरवाजा उसपर खोल दिया।

उसी शाम वह उसे ले गई।

केवल एक घंटे का प्रोग्राम बना। शराब थी। एयर कंडीशंड कमरा था। डनलप पिलो का दीवान था। और एक मर्द उसकी चापलूसी कर रहा था। उसके बालों की प्रशंसा कर रहा था। उसकी सुन्दर आंखों में डूब जाना चाहता था। रमा की सुराहीदार गर्दन में हीरों का हार डालना चाहता था।

और जब वह लौटी तो उसके हाथ में सौ रुपये का एक नोट था, जिसे वह मरोड़े जा रही थी। न मालूम क्यों?

बुआ ने कहा था कि खट्टे आमों की गुठलियों से खट्टे आम ही उगते हैं। लेकिन इस खट्टे आम की कीमत क्या थी—इसे बुआ न जानती थी, मिसेज़ कोहली जानती थी।

○ ○ ○